失われた写本を求めて

中世のフランスと中東における
文学写本の世界

小川直之
Ogawa Naoyuki

翰林書房

失われた写本を求めて——目次

中世のフランスと中東における文学写本の世界

はじめに　7

第一章　失われた写本を求めて

第三章 失われた挿絵を求めて

はじめに

「写本。まずなによりも写本」

フランス文学に写本を研究する学問があることを教えてくださったのは、慶應義塾大学の指導教授、松原秀一先生（一九三〇―二〇一四年。慶應大学文学部名誉教授）だった。

先生のお書きになる、学問の匂いがプンプンするエッセイのファンだったわたしは、文学部の三年生のときに指導をお願いした。すると先生は、「中世のフランス語をするのなら、まず現代フランス語ができなくちゃ。すくなくとも三田の学生でいちばんできなくちゃ！」とおしゃった。「三田でいちばん」になれたとはとても思えないが、むしろ現代フランス語の習得に専念して大学院に進学したわたしに、先生はつぎからつぎへと中世フランス文学のテキストを教えてくださった。

博士課程に進み、中世のフランス語にも少し自信がもてるような気になってきていたある日、松原先生は、両腕にかかえるようにして持ってこられた大型本を、「そろそろ中世の勉強はじめようか」と、机のうえにドスンと下ろした。二〇世紀前半のフランス文学研究者エドモン・ファラールが、パリのフランス国立図書館所蔵の一九一五二番という写本のモノクロ写真に解題をつけて出版したものだった。[*1] いま見てみれば、ていねいな写字のなされた読みやすい写本だが、当時のわたしにとっては、絵文字がおどっているようにしか見えなかった。それ以来、三田校舎の大学院棟のいちばん小さな教室で、机のうえにこの大冊をひらき、ふたりとも立ったまま、チョーク片手に黒板に写本を「転写」していく授業がつづいた。

「そういうときはね、字のうしろの方から読んでごらんなさい」

「そうかな〜　たしかにそうも読めるけど、ほかの可能性もあるでしょ。かんがえてごらんなさい」

などと、ひと文字ずつ、写本を読み解いていく作業だった。ずいぶん贅沢な時間だったと思う。

先生はときおり、写本の筆跡そのままを黒板に写生し、ニコニコしながら、

「あ〜た（ブルゴーニュ生まれだが、東京っ子の先生がおっしゃる「あなた」はそう聞こえた）もやってごらんなさい」

とおっしゃった。それは学問とか授業というより、職人の徒弟修業のようだった。

留学をかんがえたとき、中世フランス叙事詩を専門とする、パリ第一〇大学ナンテール校（現パリ西ナンテール・ラ・デファンス大学）のフランソワ・シュアール先生に指導していただくのが念願だった。先生に指導教授のお願いをする手紙を出すと、すぐに返信があって、「フランスの政府給費留学生試験にいちばんで受かったらお引き受けしましょう」と書いてあった。三田でいちばんじゃなくて、こんどは日本でいちばんか、と苦笑したものだ。

まずは、いまのフランス語ができなくてどうするの！　松原先生もシュアール先生もおなじことをおっしゃっていたわけだ。留学生試験は、わたしにとってたいへんな難関で、いちばんではなかった

ものの——当時は上位の順位がわかる仕組みだった——、三度目の正直でようやく合格し、一九九七年に渡仏した。

シュアール先生は、当時、大学の副学長の激務についておられた。それにもかかわらず、講義以外に毎週、マンツーマンで演習をする時間を設けてくださった。指導中に秘書の女性が入ってきて、来週のこの時間に会議を入れたいと、小声で先生に告げたことがあった。先生が、これは研究の時間だから「ぜったいに impérativement」はずせない、とささやかれているのが聞こえた。

二〇〇〇年に帰国するさい、ご著書をすべて持参して、先生のパリの定宿をおとずれた。ベルギーに近い町であるリールにご自宅のあった先生は、週に四日ほどパリ六区の小さなホテルに滞在され、そこから大学に通われていたのだ。記念にサインをお願いすると、先生は「サインは、すべての本にしよう。メッセージは、わたしにとってもっとも大事な本に書かせてもらおう」とおっしゃった。

ご自身の主著として評価のたかい、浩瀚な研究書に手を伸ばされるのかなと思っていたところ、先生は、「校訂。まずなによりも校訂」とおっしゃいながら、『ギヨームの歌』というフランス文学最古の叙事詩のひとつを校訂した、やや薄手の本を手に取られた。[*2] 校訂とは、かんたんにいってしまえば、写本を研究してそれを活字にすることだ。つまり、先生のこのことばは、「写本。まずなによりも写本」と翻訳することができる。

写本研究をかじってみて、はじめてその重要さを実感できた。文学、言語学、歴史学だけでなく、ときには美術史、法制史、風俗史など、諸学問を総合させないと、七〇〇年、八〇〇年まえのひとが、どんなつもりで、なにを書いているのかはわからない。写本研究こそ、中世文学研究の王道——研究《エテュード》も専門《スペシャリテ》もフランス語では女性名詞だから、女王道というべきか——のような気がする。

帰国してから、ふたりの先生が研究の道すじをしめしてくださった。福本直之先生（創価大学名誉教授）は、中世フランス語で書かれた十字軍の年代記の写本について指南してくださり、篠田勝英先生（白百合大学教授）は、『薔薇物語』の研究へと導いてくださった。おふたりとも、松原先生の時代からつづく「中世仏文学読書会」でお世話になった先生だ。せっかくご指導いただいたにもかかわらず、雑務にかまけて研究を放置しているうち、またたく間に数年が経ってしまった。書き散らしたものをまとめるだけまとめてみて、研究に復帰するためのリハビリにしようと思い立ったところが、こんな本になってしまった。

写本研究にあこがれているだけで、依然として満足に読めるようにならない。しかし、どうしても解読できないでいる文字と数時間にわたり格闘していて、とつぜん読みかたが閃いたときの快感はわすれられない。また、解読できたとしても、それがどうかんがえても不可解な読みとなっているときには、遠いむかし、その写本にむかって作業していた写字生に対して、「ねえ、きみ。どうしてこんなこと書いたの」と問いかけてみる。それもまた、捨てがたい愉しみだ。

ネットで写本研究

わたしの留学当時にくらべると、中世の写本研究をとりまく環境は劇的に変化した。フランス文学の研究において、もっとも進歩のいちじるしい分野といえるかもしれない。

　約二〇年まえまでは、写本の実物を見ようと思えば、所蔵図書館に足を運んで閲覧するか、そのマイクロフィッシュを郵送してもらうしかなかった（もちろん有料）。たとえば、パリの日本人街であるオペラ座界隈にあるフランス国立図書館の旧館には、厖大な数の古写本が所蔵されている。旧館の照明は、暗いところの得意な――というよりも陽ざしの苦手な――フランス人の目に合わせてかなり暗めで、そこで調べものをしたせいでずいぶん目をいためたと思う。また、原本ではなく、コピーしか閲覧できないことも多かった。当然といえば当然だ。写本は、一冊一冊が唯一無二の存在なのだから。

　シュアール先生が勧めてくださったのは、パリ一六区、凱旋門のそばのイエナ街にあった古文書研究学院《IRHT》のロマンス語セクションだった。ここには、フランス国内に所蔵されている写本のマイクロフィッシュが大量に所蔵されていた。マイクロフィッシュ・リーダーで映し出し、プリントアウトすることもできた。

　そして、ここに勤務している研究員は、まことにデキる研究者ばかりだった。あるとき、すでに校訂のなされている写本の読みかたについて、校訂本と写本のマイクロフィッシュとをならべてしめしながら質問をしたことがあった。すると、やや不適切な句読点のほどこされた校訂本に舌打ちし、写本のほうが「ずっと読みやすい」といい、まるで新聞を読むかのように読んでくれたのにはおどろいたものだ。

　マイクロフィッシュのコピーであれば、日本にいても取り寄せることができた。しかし、それを大学図書館のマイクロフィッシュ・リーダーにかけて読むにしても、プリントアウトして読むにしても、時間も費用も手間もかかった。

それが何年くらいまえからだろうか。各地の図書館、研究機関が、所蔵している写本のデジタル画像をぞくぞくとインターネットで公開しはじめた。お金も郵送の手間もかからず、日本にいながらにして、こちらの写本からあちらの写本へと、写本を波乗り《サーフィン》することができるようになった。なにより画期的なのは、マイクロフィッシュやそれをプリントアウトして見るよりも、画像がはるかに鮮明で、そして拡大して見られることだ。

もちろん、写本のモノとしての実在性をないがしろにしてはいけない。画集やネット画像で見たからといって、古今の名画を見たことにはまったくならないのと同様だ。

しかしながら、まず、文字テキストとしての写本についてかんがえると、実物やそのマイクロフィッシュよりも、ネット画像のほうがはるかに扱いやすいのはまちがいない。本書で述べるように、わたしは、専修大学の松下知紀教授のお世話になり、同大学が購入した『薔薇物語』写本（一四世紀）を研究させてもらったことがある。そのさい、同大学の生田校舎の図書館貴重書室において、実物を調査する機会を得た。写本としての大きさ、重さについては、実物を手にする以外、実感することはできなかっただろう。

しかし、テキストを読むことについては、デジタル画像でなんら支障なかった。むしろ、新書本をすこし大きくしたサイズで、その数倍の厚さをもつ実物は、扱いに気をつかうばかりで、内容を精査することなどとてもできなかった。事前の調査で、実物でなければわからならないかな、と見当をつけていた箇所がいくつかあり、そこを中心に写本を調べたのだが、斜めから見ても、ページを透かしても、ネットで読めなかったものは実物を相手にしても読めなかった。文字テキストについては、ネットでなんら不都合ないということだろう。

写本には、文字だけでなく挿絵が描かれていることがある。それらのなかには、絵画としての価値のきわめてたかいものもある。たしかに、実物を見るべきだろう。とはいえ、美術品としての価値のたかい挿絵を収録した写本――ほとんどは、王侯貴族の旧所蔵――は、研究のために閲覧が許可されること、きわめてまれだ。むしろ、このような場合にこそネットの画像がものをいう。

じっさい、こんにちの『薔薇物語』の写本研究は、「『薔薇物語』デジタルライブラリー」*Roman de la Rose* Digital Library（URL: romandelarose.org）というインターネット・サイトを軸におこなわれている。ここには、これまでに現存が確認されている写本の大半の画像がアップされており、かつ、エピソードごとに写本を比較したり、おなじエピソードに添えられた挿絵を写本ごとに閲覧したり、ネットの環境が整備されるまでは想像もできなかった研究環境が提供されている。

本書では、写本や挿絵を参照するさい、ネットで見られるデジタル画像を利用し、そのＵＲＬを提示した。興味をもたれた向きには、そのウェブサイトをじっさいにご覧いただきたい。むしろ、それを前提にしないと、この本は成り立たなかったことだろう。

第一章——失われた写本を求めて

1　断片写本の身元さがし

ここに一枚の紙片がある。一九九〇年代にパリの骨董商で入手したものだ。

あきらかに上部が切断されている。切り口からして、なんらかの鋭利な刃物で切り取られたものと推定される。残存部分のサイズは、縦およそ二三センチメートル、横は四四センチメートルである。

どちらの面にも——どちらが表面でどちらが裏面かは、当面かんがえないでおこう——、文字がびっしりと書き込まれている。真ん中に折り目があり、わたしたちがふだん使いなれている言いかたをすれば、表側に二ページ、裏側にも二ページ、合わせて四ページ分のテキストが書かれている。「書かれている」と言ったが、あきらかに印刷された活字ではなく、手書きの文字だ。ほとんどは

撮影：著者

濃い褐色のインクで書かれているが、ところどころに青と赤で塗られた文字も見られる。それらの文字は、どれもとても丁寧に書かれていて、わたしたちがよく知っている（ヨーロッパ語の）アルファベットであることがすぐにわかる。

ただし、どちらの面にも、黒くて太いΠ状のよごれが濃く残っており、その部分は文字が不鮮明で、判読がむずかしそうだ。さらに、紙片の上部は人為的に切り取られているように見える。すくなくとも破いたり破けたりした跡ではなく、鋭利な刃物あるいは鋏で切断された跡だ。

紙質じたいを観察してみると、片面ずつ、表面の質が異なっているのがわかる。片方はなめらかな感じであるのに対し、もう片方はざらざらした手ざわりで、見た目にもところどころごつごつした感じだ。この、ややざらざらした感触こそ、「羊皮紙」の特徴である。ここまでは「紙片」や「紙質」というように、紙の扱いをしてきたが、そしてまた、日本語の名称もまた「羊皮紙」となっているものの、これはコウゾやアサなどからつくられた紙ではなく、動物の皮を材料とし、これを加工してできたパーチメント parchment（フランス語でパルシュマン parchemin）であり、つるつるしているのは獣皮の内臓側、手ざわりも見た目も粗いのが毛皮側ということになる。

ここで、羊皮紙というものについてもうすこし詳しく述べておこう。

羊皮紙とは？

古代エジプトやギリシャ・ローマ時代、書物といえば、冊子 codex ではなく、巻物 scroll が一般的だった。つまり、長方形に裁断したおなじ面積のものを垂直に積みかさね、束にして「一冊」をつくっていたのではなく、水平につなぎ合わせて横長の一枚をつくり、それをくるくると巻き、「一巻」として保存していたのである。

そのさいに材料としてもちいられていたのが、エジプトのナイル河畔に生えるパピルス paphyrus という草だった。「紙」にあたる英語の paper、フランス語の papier の語源となっていることはよく知られている。その茎（あるいは幹）を薄く削いだのち叩いてさらに薄くし、繊維を縦と横にかさね合わせて長方形にそろえ、それを横につなぎ合わせて横長の一枚としたものを巻いて書物としていた。

しかし、乾燥させたパピルスはただでさえ傷みやすく、巻物状にするとなおさら破損しやすかったので、貴重な文献を保存するのに向いているとは言いがたかった。現代のように価値のあるなしにかかわらず、とりあえず書物に記録するという時代ではない。生産に手間がかかり、かつ高価なパピルスには、記録にあたいすると判断されたことだけが書き記された。

また巻物の場合、なにがどこに書かれてあるかを正確に知るには、最後の記載がなされている箇所、つまり巻物のもっとも外側の部分から目的の箇所まで、いちいち広げてみなければならない。カセット・テープで音楽を聴くときの、「巻き戻し」を連想してほしい。冊子——CDあるいは電子ファイルにもたとえられるだろうか——のように、その箇所だけをピンポイントで開くということができない。

そして、原則として、表面《おもて》にしか書くことができない。裏面は空白のままである。情報の質が複雑化して検索の必要性が増すほど、また情報量がふえて全体が大部になるほど、巻物が書物の形態にそぐわなくなっていった。結果として紀元後三世紀以降、書物の主流は、パピルスを原材料とする巻物から羊皮紙を使った冊子へとかわっていったのである。

羊皮紙すなわちパーチメント（あるいはパルシュマン）という語は、もともと小アジア、エーゲ海ちかくの都市ペルガモンPergamonに由来する。紀元前二世紀ごろに発明された「ペルガモンの紙」という意味の「ペルガメーナ」pergamenaが直接の語源だという。『博物誌』で有名な大プリニウスによると、当時世界一といわれる蔵書量を誇っていたエジプトのアレキサンドリア図書館を有するプトレマイオス一世は、ペルガモン王国アッタロス朝の王エウメヌス二世がそれをしのぐ図書館の建設をくわだてていると聞きおよび、計画を阻止すべくペルガモンへのパピルスの輸出を禁止した。それに対して、ペルガモン側が考案したのが獣皮による書物だったという。

日本語では羊皮紙という訳語があてられているが、羊の皮だけが使われていたわけではない。牛や豚羊、仔牛、羊、山羊、豚、子羊などの四つ脚の動物の皮であれば、かなり広範囲の獣皮がもちいられた。仔牛や羊はもっぱら北フランスで使われ、山羊はイタリアで使われることが多かったというある程度の傾向は指摘することができるが、現物を目のまえにして、それが何の皮であるかを見分けることは簡単ではない。はっきりと言えるのは、（それがどの動物の毛皮からつくられたかでなく）つくり方が丁寧か、それほどでもないかということぐらいである。たとえば、獣を屠殺するさいに血抜きが十分でないと、静脈が浮き出てのこるため、羊皮紙に細い皺状の線が見えることになる。また、つくり方が念入りでないと、触っただけでなく、見た目にも表面がざらざらした羊皮紙ができあがる。

製造法としては、動物を屠殺して毛皮をはいでから、まず「なめし」をおこなう。石灰水に一週間ほどつけ、加工しやすいよう柔らかくするとともに脂肪分を除去し、つぎに半円状のリュネットという刃物を使い、皮を漉く。しかるのち、軽石をかけて表面をさらになめらかにする。また、毛皮を木枠に嵌めて四方八方から引っ張ることにより、乾燥と引き伸ばしをする。

このようにして製造された大きな羊皮紙を、長方形に裁断する。そしてそれを――もともとの大きさによってかなり変わるので、ここでは典型的な例を挙げることにすると――縦長の状態にして二つ折りにし、もう一度、今回は横に二つ折りにする。そして袋とじ状になった天井の箇所をカットすれば、一枚目の表と裏から四枚目の表と裏まで――いまの勘定の仕方をすれば、一頁から八頁まで――の冊子ができあがる。これをフランス語でカイエ cahier、英語でクワイヤ quire、日本語で帖という。つまり、八頁からなるノートである。このさい、羊皮紙の表と裏には毛皮側（表）と内臓側（裏）があり、帖にしたときに毛皮面、内臓面、毛皮面、内臓面…が交互になる。毛皮面か内臓面かは一目瞭然だ。毛穴の見える目の粗いほうが毛皮側、つるつるした表面をしているのが内臓側である。帖は、一般的に四枚、すなわち八面（八頁）か、五枚、すなわち一〇面（一〇頁）からできていた。

なお注意しておくべきなのは、巻物はパピルスで、そして冊子は羊皮紙でできている、というように区別できるわけではないということだ。羊皮紙が使われるようになってからも、巻物が多くつくられている。また、パピルスから羊皮紙への移行も、一夕のうちに成ったわけではない。書物は、長い時間をかけて形態を変えていった。それに応じて、書物に盛りこまれる内容も徐々に変化していくことになる。

写字生と筆記用具について

ペンには、白鳥や鵞鳥など、大型の野鳥の羽根が使われた。羽根の軸を斜めにカットし、先端部に縦に切れ込みを入れる。この先端部をインクに浸すと、軸の内部は空洞になっているのでここにインクが溜まり、暫時、筆記しつづけることができる。後世のつけペンの祖型であり、小量とはいえインクを格納する機能を有することを考えれば、構造的に万年筆に比することもできるだろう。

写本を写す仕事に従事する学僧を写字生とよぶが、かれらは右手にペン、そして左手にはペンナイフ（切り出しナイフ）を持って作業にあたっていた。写字生が描かれた挿絵はすくなくないが、ことごとく右にペン、左にナイフである。ヨーロッパ言語が左から右に記述されること、そのさい液体インクがもちいられていたことを考えれば当然のことといえるだろうが、左利きの写字生というのはいなかったのだろうか。絵画において、著作をしている模様がもっとも数多く描かれた人物といえば聖ヒエロニムスだろう。調べられるかぎりの作品を調べたが、一枚たりと左利きのヒエロニムス像はなかった。学問の神様ともいえるこの教父は右利きだったということか。

ナイフの用途はおもに三つ。まず、えんぴつ削りならぬペン削りとしての用途である。ペン先が摩耗したときに、あらたにカットして尖らせる。つぎに、羊皮紙は弾力性のある素材なので、筆記のさい表面が平たくなるようにナイフで押さえつける。いわば文鎮である。そして、書き誤りをした場合に、ナイフを右手に持ちかえ、これで羊皮紙の表面を削り取る。つまり消しゴム（砂けしゴム？）としての用途もある。

もうひとつの必需品はインクだ。筆記用におもにつかわれた黒褐色のインクは、没食子、つまりブナ科にできるコブ状部分から抽出されるタンニン酸に、釘などの鉄に由来する鉄イオンを化合させ、それにアカシアの樹脂などのつなぎを混ぜて粘りを出した。その他、挿絵に使われた絵の具以外に、文字にも色つきインクがつかわれた。段落のはじめに置かれた単語の一文字目は、飾りのついた大きいサイズのアルファベットではじめられることが一般的だった。そして、ある段落の冒頭が赤の装頭文字で飾られたら、つぎの段落は青で書かれた。

この赤インクは、赤鉛を材料にしている。挿絵や絵画を描くときの絵具としての赤色は、赤土を水《すい》簸《ひ》（水にさらにして沈殿物を集める）してつくるもので、インク用の赤とは異なる。他方、青インクはフランス、スペイン、イタリアで採掘されたアズライト（炭酸銅）からつくられた。ちなみに絵画用の青の絵具は、「ウルトラマリン」（語源は「ウルトラ・マーレ ultra mare」、すなわち「海の向こう」）とよばれ、当時は北東アフガニスタンにしか産出しない、きわめて高価で貴重な顔料を原料としていた。インクはインク壺に入れた。これは、水牛などの角を加工して作製した。

角からつくるインク壺の底はとがっているから、そのままでは立たない。傾いた書机に穴をあけてそこに差した。机の天板が斜めであるのは、そのほうがお手本を「写す」という行為に都合がよかったからである。

このような道具をつかい、写字生が羊皮紙に一字一字、手書きで写した書物を写本、英語でmanuscript《マニュスクリプト》という。ラテン語でmanu《マヌー》とは「手によって」、scriptはラテン語のscribo《スクリーボー》「書く」の完了分子（過去分詞のこと）scriptus《スクリプトゥス》「書かれた」が名詞として使われたもの。すなわち、文字どおり「手で書かれたもの」の謂である。[*1]

先にも述べたように、写字生の作業の模様を描いた挿絵は数多く残っている。なかでも有名なのが、親子二代で愛書家だったブルゴーニュ公フィリップ善良公とシャルル豪胆公につかえたジャン・ミエロ（一四二〇頃―一四七二年）のポートレートである。書写の様子だけでなく、部屋の調度まで描かれているのが興味ぶかい。本棚でなく本箱にしまわれた数冊の本は、つぎに写すべきお手本だろう。左奥には、カーテンで仕切れるベッドが見える。仕事につかれたら、横になって仮眠をとったのだろうか。[*2]

このジャン・ミエロの場合はひとりで作業にいそしんでいるが、複数の写字生があつまって黙々と書写する施設もめずらしくなかった。いずれにしても、そのような一種の工房をスクリプトリウム（写字室）という。写字生たちがじっさいにどのように仕事をしていたかを知るには、ウンベルト・エーコの原作を映画化した『薔薇の名前』（一九八六年、フランス、イタリア、西ドイツ合作。ジャン＝ジャック・アノー監督、ショーン・コネリー、クリスチャン・スレイター主演）を見るのがよい。念密な時代考証がなされた作品だ。北イタリア山奥にあるヨーロッパ最大の書庫を誇る修道院が舞台という設定で、スクリプトリウムの俯瞰図と写本製作の過程、とりわけ写本挿絵のアップを見ることができる。

写本は、一五世紀のなかばに実用化された活版印刷術と紙の品質改良とがあいまって活字印刷本が急速に普及するまで、ヨーロッパでは書物のもっとも一般的な形態でありつづけた。

紙片の「身元」は？

さて、問題の紙片——いまや「羊皮紙片」と呼ぶべきだろうが、聞きなれたことばをつかいたい——に話をもどそう。

ここに書かれている文字が、ていねいに書き写されたアルファベットであることは、すでに述べた。さらに見てみると、このブラックレター（あるいはテクスチュアリス）という字体で書かれているのが、中世に話されたフランス語であることがわかる。これは、古代から中世にかけ、古典ラテン語が

ブリュッセル、ベルギー王立図書館9278番写本から。
15世紀後半、画家不詳。https://commons.wikimedia.org/wiki/File:Jean_Mi%C3%A9lot,_Brussels.jpg 2016年10月1日閲覧。

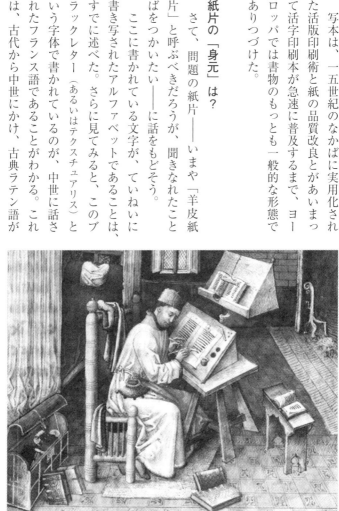

俗語化していく過程で成立したロマンス語と総称される語群のひとつである。古フランス語ともいう。[*3]

ただし、ひとくちに古フランス語といっても、そのなかでさらに枝分かれする。まず、北フランスで話されていたオイル語と南フランスのオック語（「オイル」と「オック」は現代フランス語の oui《ウィ》）に二分されるが、この紙片に読めるのは北のフランス語である。中世は、現代のように地域をこえてひとの行き来があったわけでも、ラジオ・テレビやインターネットがあったわけでもなく、地域ごとの言語の差異が今よりはるかにはっきりしていた。つまり、オイル語とひとくくりにしてみても、北フランス各地においてさまざまな言語的なちがいが見られた。パリ周辺でつかわれていたフランシアン方言、北フランスから現代のベルギー東部で話されていたピカルディー方言、ノルマンディー地方のアングロ・ノルマン方言などである。そして、わたしたちが身元さがしをしようとしているこの紙片に書かれたフランス語は、典型的なフランシアンである。

ところで、いま「何語か?」「何方言か?」と詮索したのは、あくまでも紙切れ状に残っている写本の言語についてであるということを確認しておきたい。あとで言及するように、作者自身が書き残した自筆写本――つまり、真のオリジナル――が存在するケースもなくはない。しかし、それはきわめて稀有な例だ。中世の作品は、ほぼすべてが写本、つまり、書写されたコピーとして伝わっている。オリジナルがアングロ・ノルマン方言で書かれた作品であっても、パリでコピーがつくられればフランシアンの影響をうけるだろうし、イタリアでイタリア人の写字生が写せば、イタリア語の特性を帯びた写本となるだろう。この紙片の言語はパリ方言…　わかっているのはそれだけだ。

では、このテキストは、いったい何を伝えているのだろうか。内容を見てみよう。

不謹慎なたとえかもしれないが、この紙片を、発見された身元不明の死体（の一部？）だとしてみよう。どのようにしたら身元の手がかりは得られるだろうか…　素人でも思いつくのが、クレジット・カードの類や（本人のものであろうとなかろうと）名刺のような、固有名詞が記された所持品がないかを調べてみることだ。また、死体が発見された状況も有力な手がかりになりうる。とにかく、具体的な情報が必要だ。それが多ければ多いほど、身元判明に近づく。なお、もとの中世フランス語のテキストは、こんにちの句読点やカッコといった記号が発明されるずっと以前のものだが、以下の訳文では日本語として読みやすいように記述記号をもちい、さらに、段落も適宜増やしていることをあらかじめお断りしておく。また、切断やΠ字型の汚れが原因で判読不可能な箇所は（…）によって表記することにする。

【表右側1列目】

（…）わが友人たちよ、エルサレム王国の慣習法にしたがい、わしを支持し、そしてわが領地と城を取りもどすべく力を貸してくれることを！」この手紙はバリヤン・ド・セットの館で読み上げられた。そこには軍の大半の兵士が集まっていたのである。

ここで、ジャン・ド・セゼール（訳注　セゼールはパレスチナ地中海岸の町カエサリアのこと。三五ページの地図を参照）は叔父であるジャン・ディブランのために返答を求めたところ、ほとんどの者はジャンに手を貸すべきであるといい、救援に赴くことに賛成したが、そう考えない者もいた。賛成派はセゼールの領主ジャン、カイファ（訳注　地中海沿岸の海港都市ハイファ）の領主であるロアール、その弟ルノー、ジョフロワ・ル・トール、ジョフロワ・デストリュエニ、ボードワン・ド・ボンヴォワザン、そしてその他四三人の騎士たちだった。彼らは転進し、キプロス王とジャン・ディブランのいるところまでやって来た。そしてそのとき、キプロス人の軍はスネフィルを出発し、その近くのル・ロとよばれる土地に宿営した。そこには、エルサレム大司教ジラール、カエサレア司教ピエール、バリヤン・ド・セット、ユード・ド・モンベリヤールと弟ガラン、そして、聖ヨハネ騎士団総長とその弟（…）

【表右側2列目】

（…）彼の城、（…）戦場に（…）キプロス人に対して、騎馬と徒歩の兵士たち（…）ジャン・ディブランを（…）。

彼はこの知らせを聞くと、アンリ王とキプロス軍をともなってそこを離れ、ついで、王と、その護衛としてアンソ・ド・ブリ、さらに軍勢の大半をそこに残し、自身は残りの軍勢を率いてアッカ（中東の地中海沿岸海港都市）へ向かった。アッカに着くと、町のすべての人々、すなわち騎士、町人、それ以外の人々を招集し、教会の入口で聖アンドレ信心会に忠誠を誓った。しかるのち、彼は皆に訴えた。「敵の戦艦はすでに到着しており、港に停泊している。いまなら敵に大きな損害をあたえることができる。そして、敵兵士を捕縛するのだ。」彼がそう言うやいなや、教会中に「敵戦艦へ！」という叫びが響きわたった。
　彼らは海へと殺到し、小舟に乗って敵戦艦を襲撃すると、一七隻を捕獲した。停泊していた一隻は逃げた。そして、捕虜となった者たちをアッカに連行すると、ランゴバルド人は（…）

【裏左側1列目】

移動し、カ（…）に宿営した。リ（…）提督がこの企てを知ると、ベイルートにいる弟のルティエに対し、そこでの包囲を解いて、（…）スール（…）。ルティエは兄の要請を受け、ベイルートの武器に火を放つと、駐留していた軍勢をともない、ガレー船とほかの戦艦でスールに向かった。
　ジャン・ディブランは、ベイルートを包囲していた兵士たちがそこを離れてスールへと赴いたことを知ると、大いによろこび、みずからはアッカにもどる一方、王とキプロス軍をアッカへの途上にあるカゾランベールあるいはサブロンにとどめおいた。ジャンがアッカで作戦会議を催そうとしていたのに対し、スール（ティールあるいはチュロス。パレスチナの海港都市）にいた提督はキプロス軍のそのような動向を把握していた。そこで、夜六時にスールから自軍を海路と陸路とで引き返らせた。提督の軍は夜どおし馬を走らせ、夜が明けたときには、キプロス軍を陸と海から奇襲し（…）

【裏左側2列目】

いつものように騎士たちを見張りに出していた。しかし、見張りの任に当たっていた者たちは、敵が来襲すると思われる方角にまったく不案内で、アッカの方からの（…）無警戒だった。そして、テントのなかで、完全に武装を解除し、天蓋つきのベッドに横たわっていたのである。見張りの隊を指揮していたのは、ベイルートの老侯ジャン・ディブランの甥のジャン・ディブランであった。

この宿営地にプッリャ（訳注 イタリア南部地方）の軍勢が攻撃をしかけたときの叫び声は、ひじょうに大きく響きわたった。王の警護に当たっていたある騎士は、王を馬に乗せると、アッカにお連れするようにと兵士たちに託した。そして自身はその場に踏みとどまって戦い、顔に重症を負ったのち捕虜となった。この騎士は名をジャン・ババンという。キプロス人たちは、武装した者もそうでない者も、可能な者は馬に乗り、一か所に固まって防戦につとめた。激しい戦いが夜明けまでつづいたが、キプロス軍は兵の大半をうしない、とある小高い丘に退却した。というのも、彼らはアッカへ行くことしか考えていなかったからである。そのとき、プッリャの兵士たちが襲いかかり、（…）

【裏右側1列目】

皆いっしょにカザル砦を通過し、パス・ポランという名前の山のふもとまで走った。そこまで来たとき、かれらはプッリャの兵士たちが（…）もはや追いつかないだろうと見てとり、そこでアッカへと帰還したのだった。この事件が起きた日は、われらが主なるイエス・キリストがお生まれになってから一二三二年目の五月三日火曜日だった。そしてこの日、キプロスの王アンリは一五歳になったのである。

アッカへもどったときのキプロス人たちは、ほとんど着のみ着のままの状態だった。武器も着物も寝具も金も宝石もすべて失い、そのとき身につけているものと跨っている獣だけしか持ち物がなかったからである。あまりにも不意を突かれたので、ほとんど全滅に近い状態で帰還し、そしてまだ子ども同然だった王をさえ敵中に残してきてしまうところだった。ジャン・ディブランは、これらのことを聞きおよんだときでさえ、表情を変えずに内心を見せず、これから何ができるかについて考えていたのだった。こうして、甥であるジャン・ド・セゼールは聖ヨハネ騎士団に、カスレという名の自分の砦を一六〇〇〇ブザン（訳注　貨幣の単位）で売却し、もうひとりの甥ジャン・ディブランはテンプル騎士団に別の砦を売却したのである。

【裏右2列目】

見る（…）。

ここで（…）指令官に話をもどそう。カゾランベール（…）あと、彼は自軍の兵士もまた（…）。キプロスで戦い、シュリーヌ（訳注　キプロス島北部の海港都市キレリアのこと）の城と町、（…）とファマグスト（訳注　キプロス島東部の海港都市）の塔を奪取し、デュー・ダムール（訳注「愛神」の意味）城を包囲した。城には王のふたりの妹、マリ姫とイザベル姫、そしてプルリュップ・ド・（…）という城主、さらに、ベイルート侯がこの地の代官として残してきたエルノワ・ド・ジブレもいた。しかしここには、城主と（…）の妹ふたりがいたにもかかわらず、ほとんど食料の備蓄がなかった。物資の欠乏がはげしく、救援が待ち望まれていた。

（…）司令官は、アッカにいた王とキプロス人たちがキプロスにもどろうとしていることを知るや、防衛のために少数の兵士だけを残し、スールを発ってキプロスに向かった。そして到着すると、島中に兵をはなち、デュー・ダムール城と（…）以外をすべて掌握した。


【表左側1列目】

（…）港に（…）ニコ（…）彼の家来（…）。王とジャン・ディ（…）、彼らとともにいた兵士たちは、翌朝、島にわたって渓谷に陣を取り、そこに二日間とどまったあと、三日目に行軍してニコシアに到った。

リシャール司令官は敵軍の接近を知ると、全軍を率いて出発し、ニコシアからシュリーヌに向かう道の山と谷の間に軍を配置した。同日、王とジャン・ディブランとキプロス軍はニコシアを発ち、町の外のトラコナという名の地に進んだ。そして、六月一五日火曜日の早朝ここを出立し、敵軍に向けて進軍、グリッドという城砦の近くに到り、先乗りしていた隊と落ち合った。すると、まさにそのとき、プッリャの軍が道を下ってくるのが見えた。敵は（…）分かれていた。


【表左側2列目】

馬で（…）。つぎつぎと倒し、捕虜にし、そして殺した。この戦いでは、プッリャの軍のほうに多くの死者と捕虜が出た。というのも、こちら側では四〇人以上の騎士が戦死し、六〇人もの騎士が捕虜となったのに対し、キプロス側ではたったひとりしか死者は出なかったからである。この騎士は、シエルジュという名で、トスカナ生まれの者だった。戦闘は長時間つづき、損害のはげしかったプッリャの軍勢は、もはや持ちこたえられなくなった。そこで、戦場を逃れてシュリーヌへ向かって逃走しはじめた。キプロス兵はこれを追撃し、敵も味方も見分けがつかないほどの混戦のままシュリーヌの門まで追い詰め、そこで大打撃をあたえた。

以上にお聞きになったように、キプロス軍はこの戦いに勝利した。その後、山のふもとの海側に宿営した。（敵方）司令官の方は、包囲されてはいるものの食料のたくわえは十分にあることを知ると、バッファにいた戦艦を呼び寄せた。そして、戦艦が到着すると、シュリーヌの残存兵を招集し

すべてのページの上部に切断部分があるのにくわえ、黒い汚れによって判読が困難になっている箇所がすくなくなく、けっして状態の好いテキストとはいえない。しかし、詳細に立ち入るまでもなく、一瞥してあきらかにわかることがある。このテキストは、散文形式で書かれた史書であり、内容としては戦争をあつかった「戦記」だということである。

そして、固有名詞をはじめとする具体的な情報量がきわめて豊富であることにも容易に気がつく。まず、わたしたちにとって幸いなのは、冒頭に〝roiaume de ihrl'm〟が登場することである。中世の手書き写本で常用される省略記号を使わずに、さらに現代表記にあらためれば、royaume de Jérusalem、すなわち「エルサレム王国」だ。

一〇九六年から九九年にかけて、フランス人を主体とするキリスト教軍は、当時イスラム教国（セルジューク朝トルコ）の支配下に置かれていた聖地エルサレムを奪取すべく軍事遠征を起こし、これを成功させた。この第一次十字軍の成功をうけて建国されたキリスト教諸国の中心となったのが、エルサレム王国である。領土は現在のイスラエル国の国土にほぼ重なる。一二九一年にマムルーク朝エジプトによって滅ぼされるまで、約二世紀間、存続した。

この国名が登場するだけで、以下たてつづけに出てくる地名が理解しやすくなる。いずれも、地中海の東岸地方のうち、こんにちでいうパレスチナ、イスラエル、レバノンに残る地名で、当時のエルサレム王国の諸都市である。

とりわけ頻出するアッカ（アッカー、アッコ、アッコン、あるいはアクレの表記もあり）は、歴史的に東地中海の貿易の拠点のひとつとして栄えた海港都市であり、エルサレム王国にとってとりわけ重要な都市だった。というのも、一一八七年にエルサレムがサラディンの手に落ちたあと、王国の首都はこのアッカに移されたからである。その後、エルサレムはフリードリヒ二世の外交交渉によって一時的に取りもどされることはあったものの、一二九一年の滅亡までの一世紀弱、首都はここアッカに置かれていたのだった。

アッカ以外に言及されている諸都市、ベイルートはもとより、カエサリア、ヤッファなどは、今もむかしもこの地域の要衝である。

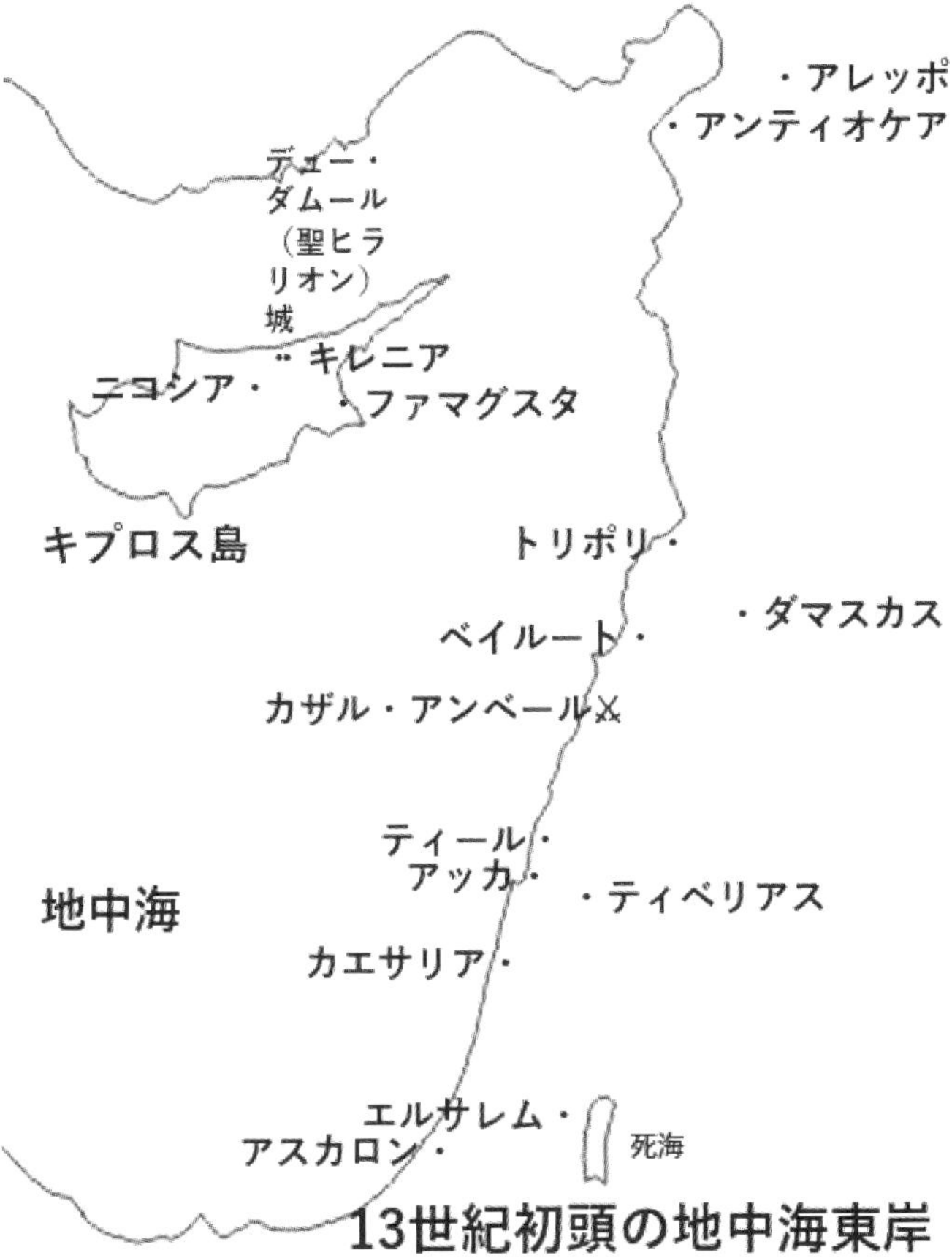

13世紀初頭の地中海東岸

さらに、キプロス（「キプロス人」や「キプロス軍」等の名称をふくむ）と、島内の主要都市であるファマグスタ、キレリアも目を引く。キプロスは一二世紀後半までビザンチン帝国（東ローマ帝国）の領土であったが、第三次十字軍の途上の英国王リチャード獅子心王によって征服された。一時、テンプル騎士団の所有となったが、再度リチャードに売却されたのち、最終的にはギー・ド・リュジニャンが買い取ることになった。ギーはフランス西部ポワトゥーの名門リュジュニャン家の血を引く貴族で、エルサレム王国女王シビーユとの結婚によって同国王になったが、対サラディンのハッティーン戦において捕虜となって以来、実質的に廃位されていた。キプロス島は、一四七〇年代にヴェネツィアの統治を受けるまで、約三世紀にわたりリュジニャン王朝の支配下に置かれることになる。

ところで、一部が解読不能など、不完全な形での登場もふくめるとすれば、計四回、Casaulum-bertという地名が登場する。現代表記にすれば、カザル・アンベール（あるいはカザランベール）Casal Imbert。アラブ名をアッジーブ（あるいはアル・ジーブ）といい、アッカの北方、約一三キロの地中海岸に位置する村である。アッカやベイルートほど一般的に知られた地名ではないが、十字軍の時代、イスラムに対する防衛のために建造された要塞のひとつの所在地として、そしてなにより、一二三二年におこなわれた戦いの舞台として知られている。こんにち中東における観光スポットのひとつに数えられているのも、古戦場としての価値ゆえである。この地名は特殊性ゆえに、決定的な証拠となりうるかもしれない。

こうして事件の「舞台」と、おおよその「時代」を示唆する地名を見つけることができた。ただし

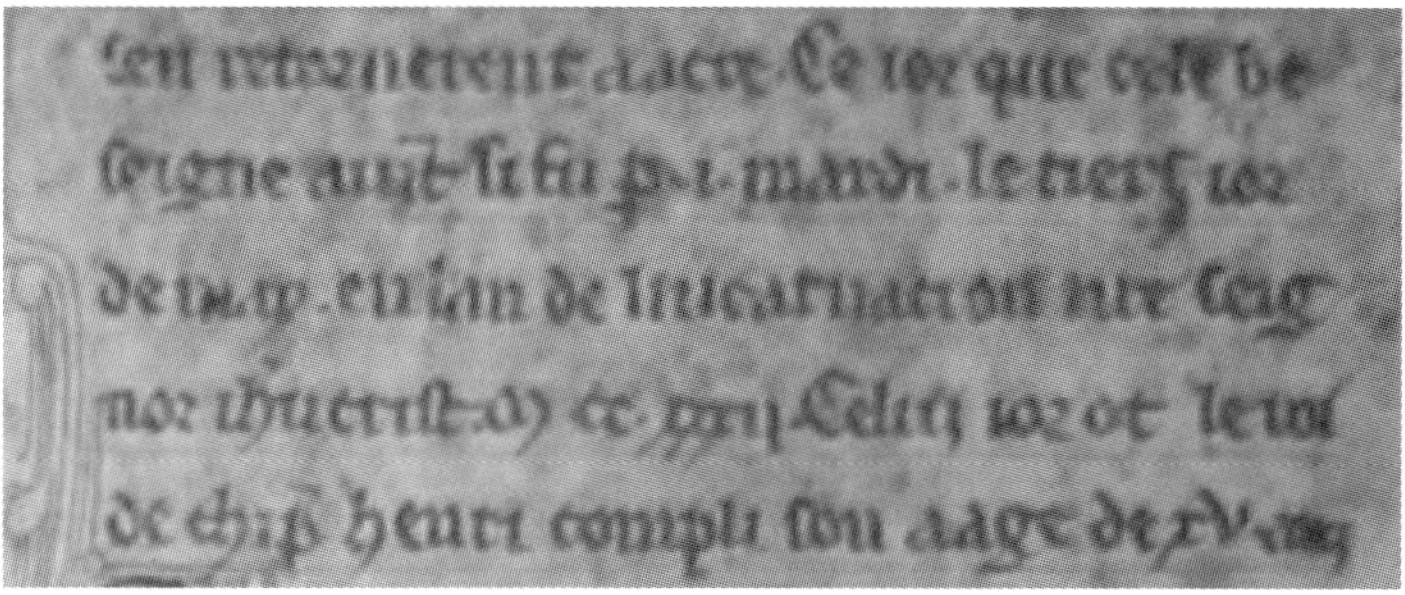

（筆者撮影）

（1行目の中央から）Ce ior（=jor）que cele beseigne auīt（=avint）si fu p̲（= par）.i. mardi le tiers ior（=jor）de may en lan（=l'an）de lincarnacion（=l'incarnacion）nre（=notre）seignor ih'ucrist（=JhesuC[h]rist）.m. cc.xxxii Celui ior（=jor）ot le roi de chp henri（=Henri）compli son aage de xv anz

このテキストのなかには、ピンポイントで事件の「年月日」を特定できる一節がある。読者は、ここで語られている戦いが、「一二三二年五月三日に起きた」と明言されているのに気づかれたことだろう。この箇所は、テキストの身元を確かめるのに決定的な情報をしめしてくれているので、写真とテキストの転写を載せてみよう。

なお、写真の下から二行目の途中からの一節もまた、テキストの同定にとって重要な内容を伝えている。「この日、キプロス王のアンリは一五歳を迎えた。」一二三二年五月三日に一五歳（当時の貴族男子の元服の歳）になったアンリ王とは、キプロス王国第四代国王アンリ一世（一二一七年五月三日―一二五三年）にほかならない。

このほかにも、断片とはいえ、本テキストには人名が目白押しだが、そのすべてに当たる必要はなかろう。頻繁に現れるいくつかの名前にかぎり注目してみよう。

まず、"jahan dyblin"、現代の表記にあらためれば Jean d'Ibelin ジャン・ディブラン（英語読みで、ジョン・

オブ・イブリンを採用している邦語文献も多い)、すなわちイブラン家のジャンという名前がくり返し登場する。

イブラン家は一二世紀、一三世紀のエルサレム王国ならびにキプロス王国において、国王を補佐する人物を輩出した家柄である。一族は、ベイルート、アルスーフ、ヤッファなど、この地域の主要都市を主要な領土として権勢を誇っていた。

歴史的にもっとも知られているのは、バリヤン・ディブラン(一一四二頃—一一九三年)であろう。ハンセン氏病を患うエルサレム国王ボードワン四世(一一六一—一一八五年)の摂政をつとめ、対サラディンの戦争では、この稀代の名将に率いられ、かつ圧倒的な戦力を有するイスラム軍と能くわたり合い、玉砕を余儀なくされていたエルサレムの無血開城に漕ぎつけた。ちなみに、多分に映画的脚色がほどこされているものの、リドリー・スコット監督の映画『キングダム・オブ・ヘブン』(二〇〇五年、アメリカ)は、オーランド・ブルームを主役バリヤンに配し、このエルサレム攻防戦を壮大な歴史絵巻にしている。

バリヤンは、国王アモリ一世(ボードワン四世の父)の死後、その妻だったマリア・コムネナと結婚した。マリアはビザンツ皇帝ヨハネスの娘である。そして、ふたりの間に生まれたのがジャン・ディブラン一世(一一七九頃—一二三六年)である。わたしたちが目にしている紙片の主人公とおぼしきこの人物については、さらにくわしく見てみよう。

「ベイルートの老侯」ジャン・ディブランとロンバルディア戦争

故アモリ一世とマリア・コムネナの娘であるエルサレム女王イザベルと異母きょうだいでもあるという血縁は、ジャンを地中海東岸のフランク人貴族社会の筆頭格へと押し上げた。イザベル逝去をうけて娘のマリー・ド・モンフェラが一三歳でエルサレム王国王位についたとき、さらに、キプロス王ユーグ二世が亡くなって、生まれてまだ数か月の息子アンリ一世が跡を継いだときに、ジャンがエルサレム王国、キプロス王国それぞれの摂政となったのは、家柄と血筋ゆえであったことだろう。

しかしながら、この人物については、人格の高潔なこと、武人としての資質の傑出していたこと、リーダーとして信頼に値する指導力をもっていたことが、同胞たち、すなわち一三世紀前半のフランク人貴族社会にひろく認められていたこともまちがいない。

彼の父バリヤン・ディブランがサラディンとの戦いにおいてそうであったように、ジャンもまた国家の危急存亡を懸けたいくさにおいて、全軍の先頭に立って戦ってみせた。そして、その戦いの相手は、父の敵に負けず劣らず世界史に名を残す大人物であった。しかしながら、イスラムの英雄サラディンのように（すくなくともイスラム世界において）一貫して評価のゆるがない英傑ではなく、毀誉褒貶あいなかばする怪傑であった。神聖ローマ帝国皇帝フリードリヒ二世である。

ホーエンシュタウフェン家のハインリヒ六世とシチリア王女コンスタンツァの長男として生まれたフリードリヒは、母の故国シチリア島で、「コスモポリタン」を体現しつつ育った。島の北西の都パレルモの宮廷では、イスラム文化圏とビザンチン文化圏、そしてラテン文化圏の知識人が交流し、幼いフリードリヒもその雰囲気にひたり、自国語以外に彼らの言語（アラビア語、ギリシャ語、ラテン語）など六か国語を話した。科学と文学につよい関心をもち、学問を奨励する君主だった。しかし、同時代のひとびとにとっては、異教的な雰囲気をかもしだす不可解な奇人変人に近い存在だったといえるだろう。

神聖ローマ帝国の皇帝となってからは、自他ともに認めるキリスト教世界における世俗権力の盟主として、「十字架を取る（＝十字軍遠征に出発する）」必要と、聖地エルサレムを奪還のために彼にかけられた期待はじゅうぶんに理解していた。しかし、イスラム教徒と殺し合いをすることなど、彼にとってはもってのほかだったことだろう。十字軍の宣誓をしたにもかかわらず延期をくりかえし、教皇による破門宣告ものらりくらりとかわしつつ、最終的には破門された身で聖地に旅立つという奇妙な十字軍を実行にうつすことになったのもそのためである（第六次十字軍）。

そして、彼に対して親近感をいだくアイユーブ朝のスルタン、アル＝マリク・アル＝カミル――じっさい、ふたりは書簡のやりとりをしていた――との外交交渉によって、一二二九年二月に、「一〇年間の期限つき」という、これまた当時の同宗者たちからすれば理解不可能な条件でとはいえ、エルサレムの返還をなしとげた。祖父であるフリードリヒ一世、フランス国王フィリップ二世、英国王リチャード獅子心王によって編成された超弩級の第三回十字軍によっても達成できなかった聖地奪回を、戦うことなく成就したのだった。

イスラム教徒との交流する環境で育ったフリードリヒにとって、エルサレムがクリスチャンの手中にあろうとムスリムの膝もとにあろうと、あまり違いのないことだったことだろう。しかし、このシリア・パレスチナ問題は、彼にとって別次元の意味をもっていた。エルサレムをみずからの手でキリスト教世界に再帰属させ、エルサレム王国を我が物とすることは、東西、両キリスト教全世界の王となることだ。彼は、この難題を政略結婚と個人的なつきあいという、いわば裏技でやってのけたのである。

一二二五年にエルサレム王女イザベルと結婚し、エルサレム王国の王位を手にしたわけだが、キプロスについて事は簡単に運ばなかった。アンリ一世の祖父エムリ・ド・リュジニャンは、フリードリヒの父ハインリヒ六世の臣下だった。フリードリヒは、この主従関係が自分と現キプロス王とのあいだにも、そしてアンリの臣下であるキプロス諸侯との間にも有効であると考えた。しかし、キプロス人は、主従関係は個人対個人の契約に帰せられるという純粋封建制の理論を建前に反抗したのだった。ギー・ド・リュジニャンがフランスの封建制を原始的な形態で移入していたキプロスにおいては、すぐれた法曹家が育っていたのである。

そして、外交の天才フリードリヒでも読み切れない要素があった。地元フランク人たちの感情である。ふってわいたよそ者の王に対して、彼らはあからさまな拒否反応をしめした。表向きは、教皇から破門されているフリードリヒを王としてあつかう大義名分がない、という理由があった。しかしもう一方で、感情的な反発も無視できない。ホーエンシュタウフェン家のドイツ主義による世界制覇に対する、フランク人、つまりは現地のフランス人の嫌悪感、あるいは、こんにちでいうグローバリゼーションを標榜する勢力に対するローカルな勢力の抵抗感ともいえよう。

また、シリア・パレスチナの地に十字軍国家が建設されてから、この時点で一世紀以上が経っていた。すでに数世代がそこで暮らし、独自の文化と価値観をつちかっていた。たえず異文化の脅威にさらされていたことによって、フランク人としてのアイデンティティ――絆といってもいいかもしれない――をより強固なものにしていたということもあるだろう。じっさい、ボードワン一世の治世に最大版図が実現されたあと、十字軍国家群の国土は減少の一途をたどった。そのような状況にあっても一定の国土を維持しつづけられたのは、ピサ、ジェノヴァ、フィレンツェなどのイタリア諸都市による物資の供給と、テンプル騎士団、聖ヨハネ騎士団などの騎士団による武力援助、そしてフランス本国からの人的流入などがあってのことだった。つまり、自分たちの存続のためには、ヨーロッパによる「テコ入れ」が不可欠であることは、現地のひとびとは十分に理解していた。

しかし、それはあくまでも現状を維持し、自分たちの既得権が脅かされない範囲で、ということだ。キプロスをふくむ東地中海一帯では、温暖多湿な気候をいかして品質のよいオリーブをはじめとする農産物が豊富に産出され、貴重な輸出品となっていた。その権益は手放せない。ひとことにすると、フリードリヒを王に戴くことにより、政治、経済、文化、心性の既成のあり方が覆されるおそれがあった。フランク人はこれを容認することができなかったのである。

この敵愾心は支配者階級である貴族だけのものではなかった。民衆もまたこの感情を共有していた。だからこそ、フリードリヒは一二二九年五月一日ヨーロッパに帰還のためアッカの港を発つにあたり、わざわざひと目につかない明け方を選んだのだ。しかし、港に降りる道の途中で、王一行は民衆から肉の内臓を投げつけられるという屈辱をこうむった。誇り高い神聖ローマ帝国皇帝がこのような仕打ちを忘れるわけがない。復讐の機会が到来するのを待つばかりだった。

いまやふたたびキリスト教徒のものとなった聖地エルサレムであるが、その一帯からイスラム教徒が完全に撤退したわけではなかった。とりわけ、海路でパレスチナをめざした場合にエルサレムに至近の港であるヤッファからのルートは、危険度が高かった。フリードリヒは、教皇に対し聖地の治安確保のための兵力増強を事由とし、帝国軍を派遣した。しかし、それはあくまでも名目上のことで、敵はムスリムでなく、現地のフランク人であることはあきらかだった。

このようにしてはじまったのが、神聖ローマ帝国軍とシリア・パレスチナのフランク人のあいだで戦われた、いわゆる「ロンバルディア戦争」である。この戦争の名称は、帝国軍が主として皇帝の「地元」南イタリアの兵士から編成されていたことから、フランク人たちがこれを「ロンバルディア人」と呼んでいたことに由来する。

ところで、この戦争を神聖ローマ帝国vs中東フランク勢力と言い切るのは、短絡的に過ぎるだろう。国家同士の喧嘩の実態はもっと錯綜している。直接的な軍事介入のあるなしによらず、さまざまな勢力がそれぞれの思惑で介入している。主だったところをピックアップしてみると、まず、当然のことながら、教皇はイブラン家を支持した。また、おなじ十字軍国家であっても、もともと反イブラン家の立場にあったアンチオケア公国とトリポリ伯領は皇帝側についた。イタリアの都市国家では、ピサは皇帝側、ジェノアはイブラン家側。騎士団では、聖ヨハネ騎士団とドイツ騎士団は皇帝につき、テンプル騎士団はイブラン家についた。そして、エルサレム王国内もけっして一枚岩なわけではなく、主要都市も領主とイブンラン家と関係によって敵味方にわかれた。ティルスとエルサレムは皇帝側、アッカ、ベイルート、アルスーフ、カエサレアはイブラン家側となった。つまりこのいくさは、中東の十字軍国家における内戦の様相を呈するにいたったのである。

一二二九年七月一五日、キプロスにおいて、フリードリヒが島の代官に任命していた五人の現地諸侯が指揮する軍とイブラン家の軍との衝突で戦いの幕は切って落とされた。五代官の軍は、島の北部、海沿いに走るキレニア山脈の頂上付近にそびえるデュー・ダムール Dieu d'Amour 城（「愛の神」城の意。別名、聖ヒラリオン城）に籠城した。ジャン・ディブラン率いるフランク軍は一〇カ月にわたって包囲したのち、降伏させた。このさいジャンは敗者に対し、馬や衣服のみならず武器を取り上げることもさせなかった。いかに敵味方に分かれているとはいえ、エルサレム王国の国王の軍隊に対して礼を尽くすべきだという、ジャンらしい筋の通し方だった。

しかしながら、フリードリヒ皇帝はシリアとキプロスの反抗をけっしてゆるさなかった。確執のつづいていた教皇グレゴワール九世と和平を結び、そちらに振り向けていた戦力も中東に割けるようになると、名将の誉れ高いナポリ人、リッカルド・フィレンジェリに全権をあたえ、三二隻の艦隊を東方へ派遣した。

神聖ローマ帝国軍東地中海方面司令長官フィランジェリは、はじめキプロス島を急襲して一気に陥落させるつもりでいたが、事前にそれを察知したジャン・ディブランは島に万全の備えを敷いていた。それと見るや、フィランジェリは攻撃目標を変更し、全軍をベイルート、すなわちジャン・ディブランの本拠地に向けた。リーダー不在の隙をつかれたベイルートの民は、都市中心部に立つベイルート塔に閉じこもった。この事態を受け、ジャンは、甥であり主君でもあるアンリとキプロスのひとびとの援助をとりつけた。一二三一年のクリスマスのことである。しかし、軍勢がじっさいにキプロスを出発したのは、一二三二年二月二五日のことだった。地中海東部名物の悪天候がつづいたため、艦隊は足止めをくっていたのである。ベイルートの北、約五〇キロの地点に上陸したキプロス軍は、小規模な戦闘を展開しながら南下をつづけ、塔を見下ろす場所に陣を張った。三カ月におよぶ包囲攻撃を耐え忍んできた塔内のひとびとは、これを見て歓喜した。

しかし、この時点において、だれの目にもフランク勢の不利はあきらかだった。騎兵の戦力で劣っていただけではない。教皇と皇帝の和睦がなった以上、いまや教皇も、エルサレム大司教も、そしてテンプル騎士団でさえも、皇帝側につくか、あるいは中立的立場を選んだ（テンプル騎士団ならびに聖ヨハネ騎士団の両総長は、一部の高位聖職者やピサやジェノアの執政官とはかって和平工作をこころみたが、すべて不調に終わった）。ジャン・ディブランが頼れるのは同胞だけだった。そして、軍事的に窮地に陥ったこのさい、ベイルートの老侯は「言論のひと」として立ち振る舞う。

祖先の故国から遠く離れた地に建設された地にあって、フランク人たちが治世のよりどころとしたのは「ことば」だった。「約束」といってもいいかもしれない。フランスの法制度を基準に、シリアでの約一世紀間の経験――彼らはそれを「慣習《クチューム》」と呼ぶ――を踏まえ、彼らは彼らなりの法制度を整備し、それによって日常の紛争や国事に対処していた。同時代のヨーロッパ諸国に劣らず、いやむしろそれ以上に、中東の十字軍国家は「理」にもとづく「言説」によって統べられていたといえよう。伝統も歴史も存在しなかった土地だからこそ、しかもイスラムという敵対勢力に囲繞された国々だからこそ、無法状態を避けるためには徹底した法治主義が必要だったと考えることもできる。そのような傾向は一三世紀の前半に、『エルサレム王国慣例法令集』と総称される一群の法律書に結実した。このなかには、フィリップ・ド・ノヴァールによる著作や、ジャン・ディブランの甥で同名のジャン・ディブランによって書かれた「ジャン・ディブランの書」がふくまれる。[*4]

ジャン・ディブランはアッカの同胞に書状をおくり、目下直面しているのが、異邦人による不当な侵略であり、中東フランク人の「慣習」にしたがってこれを退けるべきだと訴えた。アッカの四三人の騎士たちがすぐさまこれに応じ、ジャン麾下のキプロス軍に合流した。こうして、ベイルート攻防戦がはじまった。

「カザル・アンベールの戦い」へ

皇帝軍のベイルート封鎖はきびしかったが、なんといってもここはジャン・ディブランの本拠地である。陸上からの攻撃だけでは埒があかないと判断すると、ジャンは選抜隊を組織し、一艘の船によって港を急襲させた。これが功を奏し、城塞に籠城していたひとびとをついに解放することができた。しかしながら、ベイルートの全体を掌握するには至らなかった。ここでジャンは、まず三〇キロ南のシドンに赴き、この都市をアンリ一世とキプロス軍にまかせると、自身はさらに南下してアッカに到着した。

エルサレム王国の首都の地位にあったこの都市の市政は、「聖アンドレ信心会」によって執りおこなわれていた。フランス語でConfrérie《コンフレリー》（英語でFraternity《フラタニティ》）は、「信心会」あるいは文字どおり「兄弟会」とも訳される団体で、中世から近世にかけてのキリスト教社会において、たんに宗教的な慈善活動だけでなく、キリスト教的慈愛精神の実践を旨とする相互扶助会として機能していた。*5

ここアッカでも、上記の会が市政運営に大きな力を持っていた。ジャン・ディブランは、会員を――騎士、裕福な町民、まずしい庶民、身分に関係なく――アッカの大聖堂に招集した。そして、同会に対するみずからの忠誠を誓うとともに、会員たちにもそれを求めた。ひとびとは満場一致で賛成し、ここに、自治都市《コミューン》とよぶべき組織が誕生し、ジャンは「市長」に選出された。同時代の北イタリアの自治都市（イタリア史にいう「コムーネ」）のミラノやボローニャなどが、同じくフリードリヒ二世に対抗してロンバルディア同盟を結成したのと同じ趣旨だ。

ジャンの呼びかけに民衆は応じ、アッカ港の帝国軍艦隊一八隻を襲撃し、甚大な被害をあたえた。勢いに乗るジャン率いるキプロスと自治都市アッカの連合軍は、神聖ローマ帝国皇帝に反旗を翻していたイタリア・ジェノアの援軍を得て、ティルス奪回をもくろんだ。しかし、ティルスへ北上するフランク軍がカザル・アンベールに至ったのを見計らい、リッカルド・フィランジェリはアンティオケア大司教アルベルト・ダ・レッツァートを介して和平をもちかけた。ジャン・ディブランは即座にこれを受諾する。男のなかの男《プリュドム》とは、このようなときに躊躇しないものだ、というのがジャンの言い分である。[*6]若いアンリ王とアンソー・ド・ブリという騎士に部隊をゆだね、アッカへ赴いた。

しかし、これはフィランジェリによる巧妙な罠だった。ジャンが味方を残して出発した日、フィランジェリは一二三二年五月二日の夜から三日払暁にかけ、全軍をもってカザル・アンベールに奇襲をかけたのである。能く抵抗したものの、完全に虚をつかれ、満足に武装もできないまま戦ったフランク軍は壊滅した。戦死者のなかには、ジャンの三人の息子、ボードワン、ユーグ、ギーもふくまれていた。ただし、アンリ一世は九死に一生を得た。かろうじてアッカに逃れたキプロス王を目にして、ジャン・ディブランは神に感謝をささげた。そして、涙ながらにジャンの息子たちの戦死を報告する兵士に対しては、「騎士たる者、名誉を守り、かく死すべし」と言い放ったという。[*7]まさに旅順包囲戦における乃木希典を髣髴させるエピソードだ。

フィランジェリの次なる目標は、キプロスだった。いまやイブラン家の唯一の拠点となったこの島を落とせば、アッカもベイルートも陥落は時間の問題だった。兵力が手薄になっていた島の征服はさして困難ではなかったが、デュー・ダムール城はついに落ちなかった。要害堅固の地であったばかりでなく、キプロス王アンリのふたりの姉妹であるマリーとイザベルの残るこの城を、城主フィリップ・ド・カフランらが決死の覚悟で守っていたからである。

形勢がますます不利になっていくなかでも、ジャンは軍資金の調達に努めた。ふたりの甥のうちのひとりジャン・ド・セゼールは、聖ヨハネ騎士団にカファルレ Cafarlet 砦（あるいはカフェルラン Kaferlan 砦。地中海岸カエサレアの北部に位置する）を売却し、もうひとりジャンと同姓同名のジャン・ディブラン（上に紹介したように『エルサレム王国慣例法令集』の筆者のひとり）はアラーム砦（アルスーフの南）をテンプル騎士団に売った。ジャンはこのようにして得た三一〇〇〇ベザント（十字軍国家群で使用されていた金貨）をもとに兵力をととのえ、反撃に打って出た。そして、翌六月には、キプロス島アグリジの戦いにおいて、戦力においてなお劣りながらも帝国軍を完膚なきまでに打ち破ることになるのだが、このうえ詳しく述べる必要はなかろう。

この羊皮紙の紙片は、ロンバルディア戦争のクライマックスであるカザル・アンベールの戦い前後の経緯を語っているのである。

フィリップ・ド・ナヴァールからギヨーム・ド・ティールへ

では、この内容のテキストを収録し、かつ一三世紀末から一四世紀はじめにかけて制作されたと推定される写本にそれをとどめうる作品とは何だろうか。当然のことながら、フランス語によるテキストに限定される。

まず候補にあげるべきは、ここに語られている出来事の当事者にひとりであり、この時代の中東を代表する著作家でもあるフィリップ・ド・ノヴァールである。フィリップは、一一九〇年代初期にイタリア・ロンバルディア地方のノヴァーラ（トリノのミラノの中間に位置する）に生まれ、年若くしてキプロスにおもむいたあと、生涯にわたりベイルートのイブラン家に仕えた。とりわけジャン・ディブランの腹心中の腹心として、軍事・外交の中枢にいた人物である。すでに紹介したように、『エルサレム王国慣例法令集』の著者のひとりに名をつらね、法曹家としての名声はヨーロッパにまでおよんでいた。

フィリップは史書のジャンルでも重要な著作をのこしている。一二一八年から約一五年間のシリア・パレスチナ・キプロス史である『フリードリヒ皇帝とベイルート侯ジャン・ディブラン殿の戦記』は、『回想録』のタイトルで刊行されている。*8 もっとも、『回想録』は取りあつかいに注意が必要な作品だ。フィリップは浩瀚な「自伝」を書き残したが、全体としては湮滅してしまっており、一部だけが一三二〇年頃にジェラール・ド・モンレアルという人物が編纂した『キプロス戦記』という年代記のなかに残っているにすぎない。しかも、一三四三年につくられたコピーが、トリノ王立図書館の雑四三三番写本として伝わっているだけだ（もうひとつ、パリのフランス国立図書館新所蔵六六八〇番が知られているが、一九世紀にトリノ写本を書き写したものである）。したがって、もしもこの紙片が『回想録』の断片だとなれば、価値ある発見ということになる。

もちろん、フィリップ自身が重要な役割をはたしたロンバルディア戦争は、もっとも熱く語られている事件である。生粋の「イブラン党」である人物の作になるものであるから、多分に偏向した叙述が目立つのはたしかだ。

さて、『回想録』は、問題の紙片の記述と一致を見るだろうか。内容としては、一二五章から一三二章がその箇所に相当するが、記述はまったく別の作品のものであることがわかった。

じつは、一三世紀に地中海東岸においてフランス語で書かれた著述で、しかもロンバルディア戦争をあつかった著述ということになると、もうひとつ有力な候補をあげることができる。ギヨーム・ド・ティール（英語でウィリアム・オブ・ティール。一一三〇頃―一一八六年）が著した年代記のフランス語訳である。

ギヨームド・ティールは、この時代における東地中海のキリスト教世界のトップエリートである。エルサレムに生まれた彼は、ラテン語、フランス語、アラビア語、ギリシャ語、そして多少のヘブライ語、シリアの現地語のいくつかを操り、さらに三〇歳台に数年間ローマに法律を学ぶため留学をした。後述するように、一三世紀からのエルサレム王国の中心地アッコンには教育機関の整備が見られるが、伝統あるヨーロッパのそれには及ぶべくもなかった。本場の学問を知るギヨームの学識は、いかなる同胞をも圧倒していたことだろう。名家の出身ではないにもかかわらずエルサレム大司教になる野心を抱いていた彼にとって、学問は不可欠の武器であったはずである。結局その野心を遂げることはできなかったものの、彼はティール（あるいはスールやチュロスとも。地中海東岸の海港）の大司教の座に着くことになる。

そしてイタリアからの帰国後、その教養と「学歴」を買われてエルサレム国王アモリ一世によってその王子、将来のボードワン四世の師傅に任じられる。また、国王の信任あつい彼は、現王の治世についての記録とともに、過去の十字軍史およびエルサレム王国の歴史を書き残すように命じられた。そのさい、王家の図書室の蔵書を利用することを許された。そのなかには、一一五四年にアッコン沖で難破したイスラム船に積まれていたアラビア語文献が収められていた。アラビア語を読むことができた彼はそれを利用できたものと思われる。[*9]

そのようにして書かれた年代記が、中世ヨーロッパで『海外にて行われし事績の歴史』（本書では以下『海外史』と略）と一般に呼ばれる、二三巻の十字軍史である。[*10] この『海外史』は、とりわけ第一次十字軍直前から一一八四年までのシリア・パレスチナ事情について、ヨーロッパ人にとってほぼ唯一の情報源であった。また、中世ヨーロッパにおいて量産された十字軍にかんする年代記は、ほとんどがラテン語で書かれたが、[*11] 同時代の地中海東岸ではラテン語をあやつれる人間はごくまれだった。前述のフィリップ・ド・ノヴァールの著作は、すべてフランス語である。フィリップはおそらく、ラテン語を話すことも読むことも書くこともできなかったことだろう。ラテン語で書かれたギヨームの『海外史』は、現地の学者による年代記の権威的な著述となり、ヨーロッパの歴史家たちによって重宝されることになった。しかしながら、この二三巻がもしもラテン語のままだったなら、『海外史』のその後の発展はありえなかっただろう。

一一八六年、第二三巻、第二章の執筆途中で、ギヨーム・ド・ティールは亡くなった。そしてその直後から、彼の残した年代記は（中世）フランス語に訳された。さらに、ギヨーム自身の記録の終点である一一三四年からフリードリヒ二世による十字軍（一二二八―九年）までをカバーする「続篇」が、今度は（ラテン語を経ずに）はじめからフランス語によって書き継がれていき、最終的には一二七七年の事件までを記録するバージョンが書かれる。[*12] これらを総称して、『ヘラクレイオス帝史』あるいは『ヘラクレイオス帝物語』などという。また、『海外史』を要約したあとに一二二八年ないし一二三二年までの出来事を語っていく『エルヌールの年代記』や『海外史およびサラディン生誕の歴史』も編纂されることになる。[*13]

ギヨームのラテン語原著ならびに中世フランス語訳は、「十字軍史家著作叢書」におさめられている。これは、フランスの碑文文芸アカデミー（ルイ一四世の時代、一六四三年に宰相コルベールが創設。こんにちのフランス学士院の前身）が刊行した叢書である。全一七巻からなり、はじめの二巻が前述の『エルサレム王国慣例法令集』にあてられている。ジャン・ディブラン（甥）の著作も、フィリップ・ド・ノヴァールの法律関係の著作も第一巻に読むことができる。以下の一五巻は、十字軍時代にシリア・パレスチナに存在した諸国家の歴史・地理について、ラテン語、ギリシャ語、アラビア語、中世フランス語、アルメニア語（一二世紀から一四世紀にかけて、小アジア半島の南東部にアルメニア人の国、小アルメニア王国、別名キリキア王国があった。キリスト教徒の国であり、隣接するアンティオケア公国やオデッサ伯領と密接な関係をもっていた）の各言語で書かれた著作が収録されている。

一八四四年から一八九五年にかけ、五巻に分けて「西洋史家編」が刊行された。この第一巻（一八四四年刊）に、ギヨームの『海外史』（ラテン語）第二三巻の途中までと、そのフランス語訳『ヘラクレイオス帝史』がおさめられている。各ページは二段組みになっており、上にラテン語テキスト、下に対訳形式でフランス語テキストが印刷されている。第二巻（一八五九年刊）には、続編としての『ヘラクレイオス帝史』第二三巻の途中から第三四巻までが載せられている。碑文文芸アカデミー会員であったアルチュール・ブニョ伯爵による校訂である。[*14]

フランス語で書かれた続編が問題であるから、第二巻をひもとく。ジャン・ディブランと、フリードリヒ二世の派遣したリッカルド・フィランジェリとの衝突の経緯を語る第三三巻を読み進めると……皇帝軍はキプロスを改めると思いきや、ジャン不在のベイルートを急襲して制圧する。ジャンはキプロス軍を率い、一二三二年二月二五日、ベイルート奪還に向かう。城塞に閉じこもって援軍を待ちのぞんでいたベイルートの市民たちはよろこんだ。が、兵力において劣勢は否めない。そこでジャンはアッカに書状をおくり、アッカ市民に援助を訴える。書状は、アッカのカテドラルに集まったひとびとのまえで読み上げられた。第二八章の途中で、アカデミー校訂本の三九四ページ、一行目だ。

「諸君！　諸君に、異国からやってきたよそ者たちが、わしに攻撃をしかけ、わしの町を蹂躙し、城を包囲したことをお知らせする。このことをもって、わしは諸君に、請い願い、そして求める。わが兄弟、わが友人たちよ、エルサレム王国の慣習法にしたがい、わしを支持し、そしてわが領地と城を解放すべく力を貸してくれることを！」

もはやお気づきだろう。「わが兄弟、わが友人たちよ」以下は、まさにわたしたちの紙片の出だしに一致する。そのあとの部分も、アカデミー校訂版の第三六章の最初の部分までに完全に一致した。もちろん紙片において解読不能であったり、切断されて残存していない部分をのぞいて、の話ではあるが。つまり、この断片写本が伝えるテキストは、ギヨーム・ド・ティール『海外史』のフランス語による続篇である『ヘラクレイオス帝史』の一部であるというのがひとまずの結論だ。

2 失われた〝母〟写本を求めて

ここで思い出しておきたい。わたしたちが調査の対象にしているのは、写本だということを。これは、どこの書店で買っても、どこのページを開いても、（版がおなじであれば）おなじテキストを読むことのできる印刷本ではなく、あくまでも中世の手書き写本なのである。単純にいってしまえば、かりにおなじお手本を写していても、写字生がちがえば写した結果がちがってくる。いや、むしろちがっているのが当たりまえだ。そして、相ことなる写本をお手本としてもちいた写本どうしをくらべたら、相違はより大きくなるはずだ。ある写本に書かれているテキストに対して、別写本のテキストがちがう「読み」をしめしているとき、この別の読みを「異本《ヴァリアント》（あるいは異文）」という。このような写本間の異同の研究は、中世の文学のみならず、写本によって伝えられる文学を対象にする学問の特徴といえるだろう。

わたしたちの目のまえにある紙片について、まずここで確認しておきたいことは、これが『ヘラクレイオス帝史』の「某写本の断片」だということである。ということは、この断片が帰属するもとの写本――ここでは「母写本」と呼んでおこう――があったはずである。つまり、母親さがしを試みようというわけである。

『海外史』と『ヘラクレイオス帝史』の写本

さきに言及したように、フィリップ・ド・ノヴァールの『回想録』は、トリノ王立図書館所蔵の一写本にのみ伝わっている（パリの写本は、一九世紀にトリノ写本をコピーしたもの）。当時の楽譜つきの歌う部分と語る部分とが交互にあらわれ、相思相愛ながら離ればなれになった少年少女の数奇な運命をうたう『オーカッサンとニコレット』（一二世紀後半から一三世紀はじめにかけて成立）も一写本。ほかに有名な作品についていえば、たとえば、中世フランス文学最大の物語作家であるクレチヤン・ド・トロワの代表作のひとつ『ランスロあるいは荷車の騎士』（一二世紀後半）は、八つの写本に残っている。また、聖王とよばれたルイ九世の伝記として有名なジョワンヴィル著『聖王ルイ伝』は、四写本である。本書でこのあと紹介する十字軍をテーマとする叙事詩群は、約一〇写本。おなじく本書であつかう『薔薇物語』だけはまったく別格で、じつに三〇〇以上の写本が残存している。

では、『ヘラクレイオス帝史』の写本はどうだろうか。

『薔薇物語』に次いで多く、一九七三年の時点で、七八写本が報告されている。[*15] こんにち少なくとも七八写本が残っているということは、全盛期にはその数十倍、いや、ことによると百倍もの写本が制作され、そして流通していたと考えるべきだろう。このように推定した時点で、わたしたちが試みようとしていることの無謀さが理解できようというものだ。たった八〇点ほどの写本しか残っていないということは、厖大な数の写本が湮滅してしまったということを意味する。この紙片も、おそらくは七〇〇年ほどの歳月が経過するなかで消滅した母写本の一部であろう。しかしながら、検討する価値はある。

ところで、ギヨームの『海外史』のフランス語訳とその続編をおさめる写本の研究はたいへん困難である。それは、写本の数が多いからだけではない。成立の過程じたいがきわめて複雑だからである。先ほどこの作品を紹介するさい、最終的に一二六一年の歴史までを記述するバージョンが書かれたと述べた。『ヘラクレイオス帝史』の成立過程をもうすこし詳しく見てみよう。

まず、ギヨーム・ド・ティールが（ラテン語で）書いた『海外史』の部分だけ、すなわち一一八三年までの事件を記述する写本が一四。つぎに、『海外史』そのものは採用せずにその要約を収録したあと、一二三二年まで（写本によっては一二二八年まで）の歴史を語る『エルヌールと財務官ベルナールの年代記』や『海外史ならびにサラディン生誕の歴史』などの名称でよばれる一三の写本がある。[*16]第三のグループは、『海外史』と一二三二年までの続編二一写本。第四グループは、『海外史』と一二六一年までを語る続編の一五写本である。最後に、『海外史』と一二六一年以降、写本によっては一二七五年の記事までを載せているグループに属する一二写本、ということになる。このなかで、ギヨーム・ド・ティールのラテン語年代記のフランス語訳とフランス語で加筆された続篇ということになると、第三、第四、第五グループの計四九写本が対象になる。

わたしたちの紙片が伝えているのは、一二三二年五月の出来事と特定できているので、まず、第一グループの写本は候補から除外することができる。さらに、完本（欠落のない写本）は母写本となりえない。また、羊皮紙ではなく紙を使っている写本——比較的あたらしい写本ということになる——も検討の対象にはならない。さらに、候補をしぼるうえでもうひとつ考慮にいれるべき要素がある。写本の「産地」、あるいは制作地である。

ギヨーム・ド・ティール『『海外史』続編』について、こんにち確認されている四九点の写本のうち、ロンバルディア、ローマ、イギリスでつくられたものがそれぞれ一点、パリやフランドル地方など北フランスのもの三九点、つまり四二点がヨーロッパ産、そして残りの七点がアッカ産である。そもそもわたしたちの探求の出発点は、この羊皮紙片が中世フランス語で書かれていることだった。もしもそれがアッカ産であったとしたら、しかも、七点しか残っていない写本のひとつだとしたら…重要な発見となるはずだ。

中東のフランス文学

ところで、探求をつづけるまえに、「中東で制作された中世フランス語の写本」ということの内実について、いましばらく立ち止まって考えてみたい。

わたしたちはここまでに、パレスチナの海港ティールの司教ギヨームがラテン語で十字軍の年代記を書き、そのフランス語訳やフランス語による続編が逸名の作者たちによって書き継がれたこと、そして、生涯のほとんどをシリア・パレスチナ・キプロスで過ごしたフィリップ・ド・ノヴァールが著作活動を展開したことを見てきた。ということは、後世においても注目にあたいする文学作品の写本が、かの地で制作されていたことを意味する。

そもそも『海外史』の写本がシリア・パレスチナで相当数、作成されていたということは、そのことだけでも中世の当地における知的活動の活発さを示唆するものである。一三世紀のアッカには、その最盛期において三〜四万人の住民が暮らし、写本を制作する工房が複数、存在していた。[*17]

十字軍の国家というと、戦争に明け暮れしているイメージが強いかもしれない。しかし、そこで作品の創作と写本の制作という文学活動がおこなわれていたということは、一定の知的活動が展開されていたことをうかがわせるものである。その点について、もう少し詳しく見てみたい。

3　中世の地中海東岸地方におけるフランク人の知的活動

一一世紀末から開始された十字軍は、シリア・パレスチナ、さらにビザンチン帝国の領土であった小アジアやペロポネソス半島、また、すでに見たようにキプロス島をも軍事的に征服した。その歴史を通して国家経営の主体となったのは、「フランク人」と呼ばれるフランス人であった。したがって、十字軍の国家群は、近代的な植民地形態や経営とは異なるとはいえ、実質的にフランス人の、より正確にいえばフランス王家ならびにフランスの有力地方貴族の植民地であったといえる。イタリア諸都市のひとびとも関係したが、彼らの活動の場は貿易と軍事（海軍）が主であり、父から子、子から孫というように、ここを祖国としてながい年月を過ごす人口としては、フランク人が大半を占めていた。ヴェニスにかぎらずイタリア人は所詮、商人であり、地元民にはならなかった。

十字軍の国家群は、拡大から縮小、全体としては増殖から衰退の歴史的変遷を経ながらも、約四世紀間にわたり地中海の東岸地域に国家的実態を維持した。たしかに成立において軍事的行為の所産であり、存続のためにはつねに軍事を必要としていたとはいえ、そこでは日常生活が営まれ、そしてそのなかで芸術的な活動や娯楽が享受されていたのである。

芸術品と民芸品の作製

二〇一三年七月二〇日から九月二三日まで、上野の東京都美術館で『ルーヴル美術館展――地中海四千年のものがたり――』が開催された。ギリシャ文明以来ヨーロッパ史の主要な舞台のひとつとなってきた地中海世界にスポットライトを当て、約四千年にわたる民族・王朝・国家の栄枯盛衰の過程で生み出された芸術作品を編年体で展示したものだった。

入場早々から古代ギリシャ文明、オリエント文明、エジプト文明、そしてローマ文明などの出土品がならぶ。色彩としては地味だが、重厚で、教科書や雑誌などで見たことがあるような作品がつづき、たくさんの人だかりがしている。突如、ひとの波が絶えるコーナーがあった。「中世の地中海――十字軍からレコンキスタへ（一〇九〇―一四九二年）――」と題された一角だ。たしかに、なじみのない工芸品が陳列されている。しかし、なかに一点、目のくらむようにきらびやかな、背のひくい銅製の器が置かれていた。「リュジニャン朝キプロス王国の紋章が入った盆」である。キプロスが、紆余曲折を経てリュジニャン朝の支配を受けることになったことはすでに述べた。わたしたちが調査している紙片に登場するキプロス王ア

「リュジニャン朝キプロス王国の紋章が入った盆」14世紀、シリア。
© 2007 Musée du Louvre / Claire Tabbagh

ンリ一世も、もちろんリュジニャン家の王だ。底面の中央に刻まれている紋章は「競獅子《きおいじし》」(冠をかぶったライオンが後ろ脚で立ち、前脚をファイティング・ポーズをとるかのように構えている姿)。リュジニャン家の紋章である。それを飾る文字は、アラビア語でリュジニャン家を称揚している。シリアのマムルーク朝の工房で、一三二〇―一三五〇年頃に制作されたものと推定されている。直径は四一・五、高さは九・五センチメートルである。

今回の来日作品には入らなかったが、ふだんルーヴルでは、この盆とともにリシュリュー翼の中二階「イスラム芸術」のコーナーに陳列されている「ユーグ・ド・リュジニャンの銘、イベリン家およびエルサレム王国の紋章のある盥」――「イベリン家」とはイブラン家の英語読み――もまた、一四世紀前半に十字軍の国家からイスラムのマムルーク朝に注文された品である。リュジニャン家のユーグ四世の戴冠にあたって、マムルーク朝の工房に注文されたこの盥には、エルサレム王国と、王妃の実家であるイブラン家の賛辞が、アラビア語とフランス語の二か国語で刻まれている。直径五七・五、高さ二五・五センチメートルの大柄な容器で、銅をつかい、金と銀の黒色化合物で象嵌痕をつけた豪華な一品である。

当時、キプロスの銅鉱山から産出される銅の優良さは世界的に知られており、その銅を素材にし、イスラムの工芸技術の粋をつくして制作したこれらの品は、敵対する両世界の交易の実際を物語るとともに、すくなくともこの種の造形美術においては、イスラム世界の優位をフランク人側も認めていたことをしめす好例となっている。*18

「恋する男女が描かれた杯：剣を振りかざす騎士とその恋人」14世紀、キプロス。
Copied by Moe Sasaki

では、フランク人独自の工芸とはどのようなものだったろうか。それも、王侯貴族の祝賀用につくられるような特別なものでなく、名もなきひとびとの日常世界をうかがい知ることのできるような日用づかいの品は、どのようなものだったのだろうか。二〇一三年の都美でのルーヴル展では、その一端を想像させてくれる杯がふたつ出展されていた。「鎖帷子を着た十字軍兵士」と「恋する男女が描かれた杯：剣を振りかざす騎士とその恋人」である。

前者（直径一五・四、高さ七センチメートル）は一三世紀、後者（直径八・六、高さ八・五センチメートル）は一四世紀の品で、いずれも陶器である。リュジニャン朝時代に陶器、とりわけ皿作りが盛んに行われていたことは、キプロス最大の都市ニコシアをはじめ、島の東部に位置する最古の都エンコミや、西海岸に位置するパフォスにおける考古学的調査によって明らかになっている。*19

どちらについても転載可能な画像が見つからない（ルーヴル美術館の公式ホーム・ページにもこれらの作品の画像は掲載されていない）ので、後者について、くだんの展覧会の公式図録に掲載されている写真を転写したものを載せてみよう。

杯の底面に絵付けされているのは、前者がてっぺんのとがった頭巾と鎖帷子を身につけ、右手に槍、左手に盾をもった兵士、後者はお揃いの柄のキルト状の長衣とスカートをはいている男女である。人物の表情といい文様といい、どちらの杯の絵も子どものマンガのようなタッチで描かれており、黄色、緑の色釉《いろぐすり》で彩られた、唐三彩を思わせる色つけがなされてことと相まって、原始的で幼稚な印象をあたえる器となっている。

とはいえ、たとえば後者は、たんに素朴というだけでなく、強く、忘れがたい印象を残す作品である。右手に剣を振りかざす男と、腰の下まで伸びたながい髪をひとつにまとめ、左耳に十字の形の耳飾りをつけた女は、顔をしっかりと寄せ合い、というよりもまさに接着させ、腰から上もまた密着させて、あたかも結合双生児のように、底面いっぱいに描かれている。ふたりの愛し合う気持ちの強さが、そのまま構図に反映されているように見える。留学時代、わたしはルーヴルに足を運ぶたびに、この絵皿のまえに立った。泰西の名品・名画があたえる感動とはちがう感動をあたえてくれる気がしたものである。

一四世紀といえば、上記の盌がユーグ四世（在位一三二四—五九年）に捧げられた世紀だ。そして、一二九一年にアッカがマムルーク朝によって陥落して以降、キプロスが十字軍の最後の砦として孤軍奮闘を余儀なくされていた時代である。ユーグ四世の次の王ピエール一世（在位一三五九—六九年）は、今いちど聖地ならびに大陸のキリスト教国を奪回しようと十字軍をうたい、ヨーロッパ各地を行脚する。それに同行し、十字軍を喧伝するのに寄与したのが、王の宰相フィリップ・ド・メジエールである。結局、ピエールの十字軍はマムルーク朝の本拠をたたくべくアレクサンドリアを攻撃して攻略するものの、一週間も経たずして敵に明け渡すことになった。そして、キプロスを留守にしているあいだに深刻さを増していた王国の内紛に飲み込まれ、ピエールは暗殺されることになる。

そのようなきな臭い時代のキプロスにあって、この杯の兵士も否応なく異教徒とのいくさで命をかけることになったのだろう。兵士は戦いから帰ってきたところだろうか。それとも、これから出かけるところなのだろうか。この杯は、戦争によって引き裂かれる愛する男女の思いを、その素朴さゆえにいっそう切々と訴えてくる。当時のキプロスのひとびとの息づかいを感じとることができる作品といえるだろう。

フランク人の言語「オイル語」

ここで、フランク人と呼ばれるひとびとで構成されていた社会の基本的なありかたについて概観しておきたい。

まず、フランク人が活動した社会の地理的範囲を確認しよう。一〇九八年、第一次十字軍はパレスチナへ進軍の途上、シリア北部の難攻不落の要塞都市アンティオケアを激戦のすえ攻略し、聖地への足がかりを得た。その際、軍の一部がこの地を公国として領有した。このアンティオケア公国は一二六八年にマムルーク朝に滅ぼされるまで存続した。

十字軍の目的地であったパレスチナ地方には、この遠征の指導者のひとりで、フランスの下ロレーヌ（フランス東北部、ドイツ、ベルギーとの国境付近）の領主であったゴドフロワ・ド・ブイヨンの弟であるボードワンを王に戴くエルサレム王国が一一〇〇年に建てられた。このボードワン一世は、ベイルート、ティール、アッカ、カエサレア、ヤッファ（今日のテルアビブ）、アルスーフなど、のちに「中東の首飾り」と呼ばれる地中海東岸の諸都市を次々に攻略し、王国の基礎を築いた。首都エルサレムは一一八七年、サラディンによって奪還されるが、王国は首都をアッカに移して生き延び、一二九一年にマムルーク朝によって滅亡させられるまで、二世紀ちかく存続した。

第三次十字軍のサイド・ストーリーとして、キプロスが十字軍国家の仲間入りをした経緯についてはすでに述べた。キプロス王国はエルサレム王国が消滅したあとも、ヴェニス、ジェノヴァの両イタリア都市に経済的に依存しつつ、聖地の再奪還のためたびたび企図された十字軍の拠点として、遠く一五七一年まで重要な地位を保ちつづけた。

史上に悪名高い第四次十字軍は標的をコンスタンチノープルに移し、一二〇四年に東ローマ＝ビザンチン帝国を滅亡させ、ラテン帝国を建国した。それに付随して、ペロポネソス半島にはモレア公国やアテネ公国が誕生し、一五世紀にオスマン帝国に併合されるまで存続した。

そして、前述したように、これら十字軍国家において、フランク人たちのコミュニケーション手段となったのがフランス語であった。フランク人の第一世代が、カペー朝のフランス王家ならびにその近隣諸地域のフランス貴族であれば当然のことだろう。日常的なコミュニケーションを成り立たせたのも、さらに文学や歴史、また、十字軍国家でいちじるしい発達を見せた法律など、各種の著述をおこなうさいにもちいられたのがフランス語であった。[*20] ギヨーム・ド・ティールの死後すぐに、ラテン語の『海外史』がフランス語訳されたのも、ラテン語を解さない、フランス語のネイティヴ・スピーカーのためだろう。

もちろんひと口にフランス語といっても、十字軍支配下の諸地域で使われていたフランス語は一様ではなく、入植者の出身地の方言が反映されたり、地中海東岸における商業活動で重要な役割を果たしていたイタリア人のイタリア語の影響を受けたりする場合があった。とりわけ一二七八年にシャルル一世によってアンジュー王家の支配下に入ったペロポネソス半島の十字軍国家であるモレア公国では、ナポリの宮廷と直接的な関係を反映して、イタリア語の影響を多分に受けたフランス語が使われた。[*21]

しかしながら、この地域を通して共通語として会話ならびに記録に使用されたのは、中世のフランス中央以北で使われていたオイル語であったといえる。[*22] そして、この言語こそ、フランク人たちにとってもっとも強い紐帯であったといえるだろう。ジャン・ディブランが、「よその地からやって来た異邦人」に対して立ち向かうべくアッカのひとびとに結束をもとめる手紙を送ったことを見たが、その手紙はオイル語で書かれていた。フリードリヒ二世の神聖ローマ帝国軍に対するこの戦争は、東地中海の利権をめぐる戦いである以上に、「オイル語の地」を守る戦いであったのだ。[*23]

フランス語の使用と同様、社会のシステムについても、ヨーロッパのシステム、すなわち中世ヨーロッパの封建制がほぼそのまま取り込まれた。国家の建設から時代を経るにつれ独自の特色をそなえるに至ったとしても、ほぼ、フランスの封建社会の相似形が十字軍国家群で描かれたといえる。[*24] たとえば、キプロスではリュジニャン王朝の支配がはじまりフランス人貴族が島の都市部に入植を始めるや、彼らはヨーロッパで身につけたライフ・スタイル、価値観、趣味を故国から遠く離れた地中海のこの地に持ち込んだ。[*25] ただし、本国との相違点を挙げれば、十字軍国家において各種の「法令集」が著しい発達を見せた[*26]ように、その封建制は本国と比較にならないほど厳格な法意識によって支えられていたことだろう。

中東におけるオイル語文学

このような社会のライフ・スタイルの根底にあって、そこに生きる人々の価値観を決定づけることにもっとも影響のあったのが、同時代の、あるいは一〇〇年から二〇〇年ほど先行した時代のフランス文学――オイル語で書かれた文学作品――だった。

その形態は三種類に分類できる。まず、フランスから文字どおり持ち込まれた作品、つまり、フランス国内で作成された写本がここ地中海の東岸まで持ち込まれた場合。つぎに、それらの写本が中東でコピーされ受容された場合がある。最後に、現地においてフランス語で書かれた中東産のフランス文学――一種の「クレオール文学」といえるかもしれない――が存在し、その一部はヨーロッパに逆輸入されることになる。

ところで、フランス文学のジャンルの観点から見ても、本国から遠く離れたこの土地で享受されたのは、ごく一部に限られていた。たとえば、残存写本の数が群を抜いて多いことから「中世フランス最大のベスト・セラー」とみなされる『薔薇物語』――本書の第三章のテーマとなる作品だ――は、まったく読まれた痕跡がない。また、アーサー王の周辺に広大な物語世界を形成した「聖杯物語」群についても、十字軍の国家ではいっさい読まれなかったようである。後述するように、このような百科全書的であったり神秘的であったりする文学傾向は聖地の人々の嗜好にそぐわなかった。十字軍の世界のメンタリティーにふさわしい文学が受け入れられ、また、創造されたのである。

では、具体的に見てみよう。

武勲詩の受容の痕跡

フランス文学の揺籃期から、その形態と内容を様々に変えながら中世を通して生産・受容されつづけたジャンルに武勲詩《シャンソン・ド・ジェスト》がある。中世フランス語で書かれた叙事詩である。そのうち最古の作品のひとつであるとともに、その後のジャンルの歴史に大きな影響を与えたものに、有名な『ロランの歌』（現存する最古の版は一一世紀末にアングロ・ノルマン方言で書かれている）がある。皇帝シャルルマーニュによるスペインのイスラム教徒掃討作戦を背景に、ロラン伯たち皇帝麾下の諸将の奮闘と悲劇的結末を語っているこの詩が典型的にしめしているように、このジャンルは異教徒に対する聖戦思想を基調としている。したがってこの傾向の作品が十字軍に参加する人々を引きつけたのは当然であるし、また、貴族の中にはそうした作品の収められた写本を十字軍に携行する騎士もいたことだろう。

この点について、ディヴィッド・ジャコビーは、ヌヴェール（ブルゴーニュ地方）伯ウード（一一三一一二六六年）の例を挙げている。[*27] ブルゴーニュ公ユーグ二世の長子であるこの人物は、一二六五年一〇月、五〇〜六〇人の騎士を率いてアッカに上陸したが、その数ヵ月後落命する。[*28] ここで注目に値するのは、彼の死後、遺産として登録されたフランス語で書かれた三冊の本である。そのなかの一冊に、『ロレーヌ人の物語』という書名の本がある。これは、主君への忠誠心に基づく騎士道精神と、イスラム教徒に対する聖戦を称揚する十字軍精神に貫かれた一二世紀の傑作武勲詩のひとつ『ロレーヌ人ガラン』（ロレーヌはフランス北西部の地域）のことと推定できる。また、武勲詩というジャンルのもうひとつの特徴として、「家」の絆の尊重がある。『ロレーヌ人ガラン』もまた、ロレーヌのガラン一族とボルドー人たちとの抗争を描く中でロレーヌ人たちの家系の紐帯の強さを称揚する。シリア・パレスチナやキプロスの実権を握っていたのは、イブラン一族であったことを考えれば、この武勲詩が人気を博したとしても不思議ではない。

他方で、現代まで伝わっているものだけでも八〇余の武勲詩があるにもかかわらず、武勲詩の写本が当地に存在したことの傍証となるのが、このヌヴェール伯の例だけなのはむしろ奇異なくらいだ。すくなくとも主要な武勲詩の一部が知られていたことについては、他の証言が存在する。わたしたちにすでに馴染みのふかいふたりの人物が絡むものだ。

フィリップ・ド・ノヴァールが、敬愛するジャン・ディブランにかんして伝えているエピソードのひとつがそれである。一二三一年、帝国軍によって包囲されたベイルートの城塞に籠城する家臣らを救助するため、ジャンはキプロス王アンリ一世に援軍の派遣をうながす。そのさい、ベイルートの老侯が引用するのが、一三世紀初頭の武勲詩『カンディのフコン』(「カンディ」はスペイン南部、ヴァレンシアの「ガンディア」のことか?)である。この作品の登場人物であるギヨーム・ドランジュは、武勲詩の世界において、家系の紐帯の重要性を象徴する英雄だ。イスラム教徒軍に包囲されたカンディで窮地に立っている甥のフコンを救出するため、パリにのぼったギヨームは、主君であるフランス王ルイに対して、これまでの忠臣としての奉公を思い出し、今こそそれに報いてほしい、と援軍を要請する。ジャン・ディブランはこのエピソードを引き合いに出し、アンリ王に「ギヨーム・ドランジュにわが身をたとえるのはおこがましいと承知しております。しかし、甥を助けなければならなかったとき、ギヨームは過去に王のために成し遂げてきたこと一切を語り、いまそれに報いずしてなんの主君かと王を咎めたのです」と述べ、救援を懇願したのである。[*29] このことは、シリア生まれシリア育ちのジャンが、『カンディのフコン』という武勲詩を知っていたことを意味する。

ギヨーム・ド・ティールもまた、武勲詩を知っていたと思われる。ギヨームは、エルサレム王国の初代首長であるゴドフロワ・ド・ブイヨンについて、祖先が「白鳥の騎士」であるという風聞があることについて言及し、荒唐無稽なつくり話として退けている。このエピソードは、実在した十字軍英雄たちの事蹟を虚実ないまぜに歌う武勲詩群のひとつである『白鳥の騎士』に語られているもので、本書でも後述する。ギヨームは、この武勲詩をふくむ写本を、なんらかの形で読むことができたのだろう。もっとも、ローマに留学していたときに読んだ可能性も否定しきれないが…

たしかに、「十字軍系列」と総称される武勲詩群は、北フランスで書かれ、そこにおいて三世紀にわたり一〇数編からなる系列《サイクル》を形成することになる。それらは、十字軍についての詩的な歴史絵巻であり、フランク人たちにとっては自分たちの祖先の活躍の物語である。にもかかわらず、「本場」でほとんど読まれた形跡がないのはなぜだろう。その理由について、のちほど考察してみたい。

『海外史』から派生した年代記とフィリップ・ド・ノヴァールの著作

十字軍国家でつくられたフランス語の年代記は、『海外史』とそのフランス語訳『ヘラクレイオス帝史』だけではない。

たとえば、ペロポネソス半島のモレア公国（「モレア」はこの地の古名）で編纂された『モレア公国年代記』という年代記がある。一三世紀末から一四世紀初頭にかけて成立したと想定されるオリジナルは失われたが、フランス語、ギリシャ語、イタリア語、アラゴン語の四つのバージョンによって後代に伝わった。[*30] モレア公国の騎士たちは十字軍の正当な後継者をもって任じ、十字軍の歴史に強い関心をいだいていた。じっさい一四世紀前半にここで書かれた『ロマニア法令集』（「ロマニア」とはエーゲ海北岸地方のこと）もまた、ペロポネソス半島の征服をエルサレムの征服に結びつけてしめしている。[*31] この作者不詳の年代記では、公国の歴史が語られるまえに、第一次十字軍史と、ギリシャ・ペロポネソス半島の十字軍国家化の発端となった第四次十字軍史、さらにコンスタンチノープルのラテン帝国史が滅亡までが語られる。

ところで、『モレア公国年代記』のうち、第一次十字軍についての記述については、一写本にのみ伝わるフランス語版[*32]、四写本に残るギリシャ語版、いずれにおいても小見出しincipit《インキピト》（つづく文章の内容をあらかじめ数行にまとめたもの。新聞におけるリードに相当）が『ヘラクレイオス帝史』のそれに対応している。これをお手本にしていることがあきらかである。

ところで、フィリップ・ド・ノヴァールについて、『エルサレム王国法令集』の執筆者のひとりであり、かつ、彼が書いた『皇帝フリードリヒとジャン・ディブラン侯の戦記』、通称『回想録』が、『キプロス戦記』のなかにとどめられていることをすでに見た。『回想録』には、散文の史的記述に混ざって数篇の詩が挿入されたり、また、登場人物が、中世フランスで流行した動物寓話詩『狐物語』――ゲーテの『きつねのライネケ』（一七九四年）はこの翻案である――の動物たちに仮託して描かれたりしている[*33]。これほど『狐物語』を自家薬籠中のものとしているフィリップは、これをいったいどこで、どのようにして読んだのだろう。フランスで制作された『狐物語』の写本がシリアにもたらされていたのだろうか。あるいは、アッカの工房でも、この中世フランス語版『イソップ物語』の写本がつくられ、読まれていたのだろうか。

さらにこのほかにも、フィリップは『人生の四つの時[*34]』という一種の道徳書を書いている。そのなかには、いずれも中世フランスで高い人気を博した三つの物語から、エピソードがひとつずつ引用されている。三つの物語とは、まず、一一六五年頃、ブノワ・ド・サント・モールが、古代ギリシャの題材を中世フランスの騎士階級の文学趣味に合わせて創作した『トロイ物語』、それから、古代マケドニアの大王を騎士の鑑に見立て、東方の驚異を背景にその活躍を物語る『アレクサンドル物語』

（一一八〇年頃から続篇を生み出しつつ集成化）、さらに、アーサー王自身とその宮廷につどう「円卓の騎士」たちの冒険を語るもののうち、一三世紀前半に画期的な発展を見せた『散文ランスロ』である。[*35] これらの物語は、騎士が「剣」によってなし遂げる事蹟をうたい上げる武勲詩と同様、騎士道精神の高揚を旨としつつ、同時に、騎士が成就すべきもうひとつの冒険である「愛」を主要なテーマに展開する。ここにいう愛とは、中世フランスの宮廷に特殊な形態で発展をみせた「宮廷風恋愛」のことで、これらの作品の主人公たちのように、剣を取っては無双の騎士が意中の貴婦人に対して捧げる、どこまでも献身的な愛のことである。

『狐物語』とおなじく、フィリップがこれらの作品の写本を読むことができたのはまちがいない。つまり、物証（写本）は残っていなくとも、写本が流通していたことはたしかだ。そしてそれは、ヨーロッパで制作された写本が、中東に持ち込まれていたことを意味する。当地で写本がつくられた可能性も完全に否定できないが、それにしては中東産の写本が皆無というのは、すくなくとも、アッカやキプロスで写本を制作するほどの需要がなかったことをしめすものといえるだろう。

「アーサー王もの」の中東での存在については、フィリップの作以外にも証言を見つけることができる。イギリスのエドワード王子（未来の英国王）の家来であり、マルコ・ポーロの『東方見聞録』の一バージョンをまとめたことで知られるルスティケロ・ダ・ピサは、主人に従い、第八次十字軍参戦のため聖地へ向かった。その途上、一二七〇年から翌年にかけてシチリア島に滞在したさい、エドワードの所有になる某写本を参照することによって、アーサー王にかんする物語集成ともいえる

『アーサー王物語』をフランス語で書いたのだが、その本のなかには『散文トリスタン』ならびに『パラメード』という、いずれもアーサー王物語に属する作品の何らかのバージョンが収録されていたと考えられている。[*36] ただし、ルスティケロが手にしていた写本が、エドワード一行がヨーロッパから持ちこんだものか、あるいは現地、すなわちキプロスで制作されたものかは知る由もない。

文学以外の表現

以上、中東における工芸や文学活動の一端を見てみたが、当地のフランク人たちのメンタリティーがうかがえるものとして、祝祭典やレジャーについても見ておきたい。

中世ヨーロッパにおいて、鷹狩が騎士のたしなみであると同時に一種のスポーツ、あるいはレジャーでもあったことは、日本における武士の場合に等しい。十字軍の騎士もこの習慣を現地に持ち込んだ。エルサレム王国のフルク王（在位一一三一—四三年）は、消息を絶った鷹に関する法令を発行しているだけでなく、ジェノヴァ商人がアッカに持参した鷹を買い上げ、それを某アラビア人に下賜したという。また、ギヨーム・ド・ティールも、同国のアモリ一世（在位一一六三—七四）の鷹狩好きについて語っている。[*37] エルサレム王国はもともと山がちな地形であることにくわえ、領土喪失の歴史をたどったため、狩りに必要な土地面積が減少し、鷹狩は徐々に衰退した。それに対して、キプロス王国やモレア公国では鷹狩が盛んにおこなわれつづけた。フィリップ・ド・ノヴァールは、例の『回想録』において、キプロス騎士たちが冬、地所で鷹狩を楽しんだ模様を証言している。[*38]

上述したアーサー王物語は、ヨーロッパでは「聖杯」の伝説を取り込むことにより、神秘的な傾向を強めて発展していくことになるが、中東の騎士たち、フランクのひとびとは聖杯にはいっさい関心をしめさなかった。このことは、後述するように、十字軍をうたった武勲詩が読まれた形跡がないことと関連する。それに代わり、ヨーロッパに先んじて彼らは円卓の騎士たちの物語を「上演」することを思いついた。[*39] これもまたフィリップ・ド・ノヴァールの回想によれば、一二二三年、ジャン・ディブランが息子ふたりの騎士叙任式を盛大に執り行ったさいの祝宴で、騎士たちが円卓の騎士に扮して騎馬試合を「上演」したとのことである。[*40] これはこの種の「演出」の先駆けとなり、一二三〇年代からヨーロッパでも行われるようになった。[*41] また、先に紹介した『キプロス戦記』によれば、一二八六年アンリ二世のエルサレム王戴冠の祝賀にさいし、アッカにおいてじつに二週間にわたり大規模な祝宴がつづき、そのなかで騎士たちは、ランスロやトリスタン、パラメードといったアーサー王に仕えた英雄たちの扮装していたという。[*42]

また、このようなフランス騎士道文学の世界は、芸術以外にも、先に紹介したキプロスの杯のような、きわめて素朴で、日常に使われた食器の絵柄にも描かれている。[*43] さらに、『モレア公国年代記』によれば、テーベのサン・トメール城の居室の壁には、ギヨーム・ド・ティールの『海外史』あるいは『ヘラクレイオス帝史』によると思われる第一次十字軍の諸エピソードが描かれていたという。[*44]

このように、一二世紀から一五世紀にかけて、中東のフランク人は、フランス本国のひとびとと、ある程度おなじ文化、趣味、メンタリティーを共有していた。しかし、容易に想像できるように、当時のヨーロッパと中東の距離は、わたしたちの想像をはるかに超えて遠かった。なにしろ、山賊の奇襲のありやなしや、あるいは地中海の東側の海がおだやかか荒れ模様かによってちがいはあるものの、最短で海路一カ月、陸路は通常二～三カ月がかかった距離である。たんに地理的な距離という以外に、心理的な距離は遠かったことだろう。結果、ヨーロッパと中東は、おたがいに憧れあい、おたがいを侮りあい、つまりは、誤解しあうことになった。このうち、中東をふくむ東洋に対するヨーロッパの偏見を、「オリエンタリズム」という。これは次章のテーマとしたい。

『ヘラクレイオス帝史』写本のなかまわけと紙片の帰属

さて、アッカを中心としたシリア・パレスチナ、そしてキプロスにおいても、ヨーロッパに類似した知的活動がおこなわれていたことを確認したところで、わたしたちの羊皮紙片にもどろう。これは、残存写本の圧倒的に多くとおなじく、ヨーロッパ産なのだろうか。あるいは、少数の中東産の写本のひとつという可能性もあるのだろうか。

複数の写本が残っている場合、テキストどうしで、どこが一致していて、どこが違っているかによって、写本をいくつかのグループ（系統といってもよい）に分類することができる。つまり、なかま分けができる（場合がある）。幾次にもわたり続篇が書き足されて成立している『ヘラクレイオス帝史』は、系統の分類がきわめて困難とされている作品である。しかし、わたしたちにとって問題なのは、あるいはわたしたちが問題にできるのは、一二三二年の部分だけだ。この部分にかぎってテキストを詳細に検討してみたところ（詳細は二〇〇八年の拙論を参照）、本紙片は、パリのフランス国立図書館所蔵フランス語写本九〇八二番が収録する当該部分のテキストと瓜ふたつであることが判明した。

この写本は、『ヘラクレイオス帝史』を代表する写本のひとつである。たとえば、一一八四年から一二二九年までを扱った部分について、現存する写本の大部分を占める四五写本が、煩瑣な異同を別にすれば、だいたい一致しており、均一なバージョンを提供しているということができるのだが、このバージョンのうち、写本の状態が悪くて読みづらかったり、写字生の写しまちがいが多かったり、写字生が個人的な書き直しをほどこすこと頻繁であったりということのもっともすくない写本、つまり、研究者の観点からもっとも「良い」とされる写本が、この写本なのである。写本の最終頁には――こんにちでいう「奥付」で――、「一二九五年にローマにおいて」制作が完了したことが明記されている。また、一九世紀初頭にナポレオン・ボナパルトの蔵書に属していたことが確認されている。

しかしながら、写本の内容からいうことのできる系統の分類と、制作地の分別とは別の話である。じっさい、パリ・フランス国立図書館フランス語写本二六三四番と同二六二八番とは、ほぼおなじテキストを提示している（ただし、前者は一二六一年まで、後者は一二六五年までの記事をあつかっている）のだが、前者は一三世紀末に北フランスで、後者は同時期にアッカで写されたと推定されている。

西か東か？　紙片じたいにそれを示唆してくれるような「読み」はないだろうか。

紙片の最後の箇所で、カザル・アンベールの敗戦を受け、捲土重来を期すジャン・ディブラン一党は、まずは軍資金を調達に奔走する。そのさい、甥のジャン・ド・セゼール（カエサリアのジャン）は、聖ヨハネ騎士団に「カスレ Caselet の砦」を売却したと書かれている。しかし、ここには本来、ジャン・ド・セゼールが所有していた砦として、「カファルレ Cafarlet の砦」と記されるべきなのである。カファルレの砦は、カエサリアに位置し、パレスチナの漁港であるアル・タントゥラの北側に建っていた。紙片の写字生がお手本としていた写本において、-far- 部分が読みづらかったのかもしれない。あるいは、お手本にしている写本がもともとまちがっていたのかもしれない。だが、カファルレは、こんにち遺跡がのこる砦で、[*45] 当時、すくなくともフランク人が知らない固有名詞ではなかったはずだ。そうかんがえれば、この地名になじみのない写字生、つまり、ここから遠い土地に暮らす人物が誤写した、あるいは、もともとの誤った読みを訂正できなかった、と推理することができるだろう。

前掲のフォルダによる現存写本リストを、あらためて見直してみると、一三世紀末から一四世紀前半にかけて制作され、欠落の報告されている写本は、以下の三写本に限定できる。そして、それらはいずれも中東の産ではない。

一、アラス、アラス市立図書館所蔵、六五一番写本。北フランス。一四世紀初頭。二五四葉。（欠落している葉数、すくなからず）

二、トリノ国立図書館所蔵、L. I. 五番写本。北フランス。一五世紀。五一一葉。二分冊。はじめと終わりに欠落あり。一九〇四年の火災ののち修復。

三、トリノ国立図書館所蔵、L. II. 一七番写本。イル・ド・フランス。一三〇〇～一三二五年の間。三五八葉。はじめと終わりに欠落あり。一九〇四年の火災のさい高温による損傷を被ったが、程度は軽く済んだ。未修復。

一九〇四年にトリノ王立図書館で発生した火災によって、所蔵されていた約半数の書物が消失し、そのなかにはヤン・ファン・エイクが挿絵の制作にたずさわったといわれる通称『トリノ＝ミラノ時祷書』もふくまれている。消失といえば、中世ヨーロッパの写本は、こんにちにいたるまでの六～九百年間で、その多くが失われてしまっているわけだが、そのおもな原因として、トリノの場合のような図書館の火災が挙げられる。そのほかの原因については、まず戦争、とりわけ一九世紀後半以降の重火器を使用した戦争にともなう図書館の火災と破壊、そしてフランスでは、フランス大革命時に大小の修道院にくわえられた略奪と破壊行為も、写本にとっては大打撃となった。

トリノ国立図書館もアラスの図書館も、いまのところ当該の所蔵写本についてデジタル画像で公開しておらず、また、いずれの写本についてもマイクロフィルムを所蔵している研究機関は見当たらない。

ここで紙片をあらためて眺めてみよう。

上部が刃物状のもので切り取られていることにくわえ、紙片をひろげた状態で、Π字型の黒い痕がはっきり残っていることが確認できる。これはいったいなにを意味するのだろう。まず、このΠ字は、なにか思い物体が長年にわたり乗りつづけていたために残った痕ではないだろうか。また、このΠ字痕が、紙片の左側と右側で完全に途切れることなくつづいていることから、写本がこの部分でひろげられてそのうえに物が載っていたのではなく、この紙片だけが完全な平面をなすようにひろげられ、その上に物が載っていたということだろう。わたしたちにも、重量のある家具あるいは箱状のものを置くさい、下の床なり調度なりを傷つけないために、古新聞をうえの家具の下に敷いた覚えがないだろうか。

古写本が文学研究の対象になったのは、せいぜい一九世紀になってからのことである。後述する『薔薇物語』のうつくしい挿絵をおさめた写本や、王侯貴族の注文による、あるいは彼らに寄贈するために つくられた豪華写本は、美術品としての価値をみとめられていたが、その他の一見したところ地味な写本は、写本学問研究という用途が想定されなければ、あたかも古新聞のような用途で利用されていたのではないだろうか。この紙片も、そのようなもののひとつではないだろうか。

このようにかんがえた場合、二〇世紀のはじめまでトリノに保存され、火事によって一部が欠損したふたつの写本より、詳細は不明ながら、欠落部分が多いというアラス図書館の六五一番のほうが、この紙片の母写本としての可能性としては大きいといえそうだ。中世には文学・演劇の中心地のひとつでもあったこの北フランスの古い町は、北フランスからベルギーの都市に共通するチャーミングな街並みを見せている（もっとも、それも第一次世界大戦におけるドイツ軍の攻撃によって、ほぼ完全に破壊され、いまわたしたちが目にするのは、戦後に再建されたものだ）。わたしも留学していたときに休暇を利用しておとずれ、北国特有の重厚な雰囲気に魅せられた。そのとき図書館に足を運ぶことはなかったが、こんどは「失われた写本を求めて」ここを再訪するのがたのしみだ。

もっとも、探索している母写本がアラスのその写本であるということは、文字どおり万にひとつの可能性しかないであろうが…

第二章——中東から遠くはなれて

第一章で残した課題を整理しておこう。

十字軍がメイン・テーマであるにもかかわらず、十字軍系列の武勲詩群は、ご当地のシリア・パレスチナで、写本が制作されなかったどころか、読まれた形跡もないのはなぜだろうか。

この章では、まず、この宿題にこたえる形で、十字軍をあつかった武勲詩の世界を紹介する。その過程で、それらの詩群が伝えようとする十字軍精神——ひと言にしてしまえば、キリスト教を称揚し、異教は完全否定するイデオロギー——を端的に表現した、中世ヨーロッパに流布したある伝説についてかんがえてみたい。イスラム世界の至高の英雄サラディンにかんする伝説である。

キリスト教徒が対イスラムの「聖戦」をうたう武勲詩と、イスラムにとってもっとも大切な人物についてヨーロッパが語った伝説を通じて、イスラムに対するヨーロッパの特殊な見かた——こんにち「オリエンタリズム」と呼ぶものに近いだろう——を浮かび上がらせてみせたい。

1 聖戦イデオロギーの発露としての十字軍系列武勲詩

あらためていうまでもなく、十字軍はシリア・パレスチナがおもな舞台である。一方、それをうたい上げた武勲詩は中世フランス、それも北のフランスの産物だ。現地から遥かかなたの地で、十字軍はどのようなイメージで描かれることになったのだろうか。

十字軍の事件を背景に、実在の人物と架空の人物を交錯させ、「詩的十字軍」の雄大な世界を創出したのが、十字軍系列の武勲詩だ。そもそもこのジャンルの揺籃期に成立した『ロランの歌』や『ギヨームの歌』——本書「はじめに」で述べた、シュアール先生の校訂がある作品——のような武勲詩は、一行が一〇音節（一行におさめられた語句の母音の総数が一〇個）で構成され、そして朗誦された。武勲詩は、プロの大道芸人であるジョングルールが、教会まえの広場などで、ギターの原型ともいうべきヴィエルという楽器の伴奏つきで朗誦したものである。

叙事詩は、簡素ながら堂々たるメロディーにのった一〇音節から、やがて、他ジャンルである「アレキサンダー大王物語」の詩群の影響を受け、一行を一二音節で歌うようになる。後述するように、武勲詩は時代とともにロマネスクな傾向を強めていくことになるのだが、詩形式も内容に相応して変化していったのである。

フランス文学の黎明期から約三世紀半にわたり生産され受容されつづけたこのジャンルの特徴として、「系列化」ということがあげられる。たとえば『ロランの歌』の場合、シャルルマーニュ（カール大帝）やその甥ロランの活躍を歌った作品が大きな成功をおさめると、関連する人物たちをスピンオフし、彼らを主人公にした物語がつくられる。こうして、サイドストーリーがぞくぞくと生み出され、やがて集成化されていき、全体としてひとつの系列を形成するにいたる。「スターウォーズ」などのハリウッド映画のヒット・シリーズや、日本のテレビアニメの人気シリーズと同様だ。『ロランの歌』を発端とするものは、「王（あるいはシャルルマーニュ）の系列」と呼ばれる。

おなじシステムで成立した系列のひとつが、第一次十字軍の中心人物であるゴドフロワ・ド・ブイヨン（一〇六〇頃—一一〇〇年）とその家系の称揚をテーマとし、約一五編の武勲詩からなる「十字軍系列」だ。その端緒には、相前後してつくられた三篇の作品があり、これら初期三部作の成功が、後続作品の誕生をうながし、結果として系列化を実現したのである。

系列化の常套手段といえば、主人公の父や祖先を話の中心にすえて、英雄の超人性の由来について語ることにより、それほどの英雄であれば「さもありなん！」という出自をあきらかにするやり方である。つまり、系列化が謎ときの機能をはたすことになる。ルーク・スカイウォーカーの父であるアナキン・スカイウォーカー、すなわちダース・ベーダーの物語が延々と作品かされたのも、おなじ趣旨である。十字軍系列においては、ゴドフロワ・ド・ブイヨンの祖父にまつまる謎ときの意図が、系列をふくらませていく。まず、ゴドフロワの祖父の正体をあかす物語。ついで、その人物の出自の秘密をあばく物語…　こうして、系列の成立全体を時系列でならべれば、ゴドフロワ冒頭に「白鳥の騎士」の父母の素性にまつわる伝説が語られる。この系列が、「白鳥の騎士」の系列とも呼ばれるのはそのためだ。

系列の発端『アンティオケアの歌』と「白鳥の騎士」

フランスの大諸侯と南イタリアのノルマン人の部隊を主力とする第一次十字軍は、東ローマ帝国の首都コンスタンチノープルを経て、ボスフォラス海峡を渡り、いよいよ敵地へと進軍した。アナトリア半島を突破した十字軍は、一〇九七年冬にシリア北部の古都アンティオケアへと達し、難攻不落をうたわれたこの城塞都市を包囲した。地の利はイスラム方にあり、かつ、十字軍としては敵の奥地に入り込んで補給がとどこおったため、包囲戦は熾烈をきわめた。アンティオケアが陥落したのは、ようやく翌年の夏のことだった。十字軍史の権威のひとりジャン・リシャールは、「アンティオケア包囲戦がフランク人の記憶のなかで一篇の叙事詩となったのも、いわれのないことではない。そこには十字軍全軍が参戦し、戦いは劇的な経過をたどった。（中略）試練につぐ試練に、戦意を喪失する兵士も多数にのぼった」[*1]と述べている。

十字軍にとって初の大規模ないくさであるこの攻防を武勲詩に歌ったのが、『アンティオケアの歌』である。武勲詩というジャンルはもともと歴史との関係性がふかいことが特徴であるが、『アンティオケアの歌』は史実との距離がとりわけ近い[*2]。フランスで一九世紀に中世文学研究が本格的に始まったさい、十字軍系列の研究が、前述の王の系列をはじめとする他系列の研究よりも約半世紀おくれたのは、この系列において最初に注目された『アンティオケアの歌』が文学研究者よりも歴史家の関心を引いたからである。[*3] それほど史実を語る部分、より正確には、同時代に書かれた年代記（歴史書）の記述と重なる部分が多い武勲詩なのだ。

隠者ピエールの首唱によって実現したキリスト教徒によるニカエア包囲戦、その惨敗を受けての教皇ウルバヌス二世による十字軍宣布、ゴドフロワ・ド・ブイヨンをはじめ、主としてフランス大貴族に率いられたキリスト教軍のパレスチナ遠征とアンティオケア奪取にいたる包囲攻撃、それにつづき、ペルシャのスルタンによって援軍として派遣されたコルバラン指揮下のイスラム教徒軍の到着と両軍による新たな戦いが、一二音節、約一〇〇〇〇行で語られる。おおむね、歴史に即しているといえよう。

そして、十字軍系列としては最古のこの武勲詩のなかに、「白鳥の騎士」にかんして現存する最古の言及がみられるのである。

いまやアンティオケアを守る側となった十字軍と、寄せ手となったイスラム教徒軍との対峙は膠着状態に陥る。包囲される側となった十字軍兵士たちの飢餓は極限に達し、馬尿を飲み、その肉、果ては人肉を喰らう者まであらわれる。この事態を打開するため、両陣営のチャンピオン（代表選手）による一騎打ちが提案される。十字軍側では、北フランスの大貴族、ゴドフロワ・ド・ブイヨンが選ばれた。

ところがこの選出に納得のいかないのが、おなじくフランス出身の名門貴族で、十字軍の指導者のひとりであるロベール・ド・ノルマンディーである。いわゆるノルマン・コンケストを成し遂げた征服王ウィリアム（仏名ギヨーム）の長子であり、プライドの高いこの人物にとって、聖地解放軍の代表戦士は自分以外にありえない。ゴドフロワの選出に異をとなえようとするとそのとき、ひとびとはつぎのようにゴドフロワを紹介し、「この上は何もおっしゃいなされますな」とノルマンディー公を説得するのである。[*4]

神かけて周知のごとく、ゴドフロワ殿はきわめて高貴の家柄のかたにございます。あのかたがどなたか、貴公もお聞き及びでございましょう。一羽の白鳥があのかたのお祖父様を、ナイメーヘン（訳者注：現オランダ。ライン川の支流ワール河畔の都市。ドイツにほぼ隣接）の地、お城の天守閣のまえに広がる川岸の砂地に運んだのです。白鳥の曳く船に櫂はなく、あのかたはただひとりで乗っておられました。立派なお履物と、たいへん高価なお召物を身に着けておられました。御髪は孔雀の羽以上に輝いておりました。これほど見目麗しいかたを、神はいまだかつておつくりになったことがありません。堂々たる体躯で、まさに貴人の風格でした。

このおかたのことを皇帝陛下がたいそう気に入られ、おそばに引きとどめになられたのはよく知られているとおりです。あのかたは、いつでも望まれるがままお発ちになってよいというお約束で、かの地におとどまりになられました。それから、皇帝陛下はあのかたにお妃さまとして、当地のご出身で、誉れたかい女性をご自身の親族からおあたえになり、ブイヨンの豊穣な地を封土にされたのです。

あのかたは陛下の軍旗をかかげ、陛下の軍を率いて戦われました。春になり、あの白鳥がもどってくるまで、欣喜として皇帝陛下におつかえになられたのです。白鳥が舟を曳いてきたのを諸侯方はご覧になりました。舟は流れのはやいライン川の水面を全速で走り去り、帆も水先案内人もないのにもかかわらず、まっすぐ海へといたったのです。皇帝陛下は贈物をもってあのかたをお引きとどめになろうとはしませんでした。あのかたと白鳥が去ってしまったあと、ご家族ならびにご家来さえその消息を耳にしたことがありません。オリオンの城（白鳥の騎士の居城）に残された女のお子さまは、ブーローニュ辺境伯であったユスタシュ候にお輿入れなされました。ゴドフロワ公はその血筋を引かれるかたなのでございます。（九一九六―九二二八行）

ここには、白鳥の騎士がどのようにして登場したかということ、そして、ゴドフロワがその血を引く者であることが語られている。しかしながら、姿を消した白鳥の騎士と白鳥について、その後の運命も、騎士の素姓も、白鳥の正体も謎のままである。

『アンティオケアの歌』の作者と制作年代、系列写本の問題

ところで、先ほど紹介した一行一二音節という形式は、「アレキサンダー様式」と呼ばれる。古代ギリシャのアレキサンダー大王を主人公にした物語群が一二世紀に成立し、その続篇として一一七五

年頃に書かれた詩作品において、フランス文学史上はじめてこの韻律が採用されたことによる。したがって、フランス語でいうこの「アレクサンドラン」で書かれている作品は、一二世紀の後半以降につくられたものということになる。一方、十字軍系列が成立する時期、すなわちこの『アンティオケアの歌』をはじめとする系列諸詩がひとつの写本にまとめられる（このような写本を「系列写本」という）ようになる時期は、一三世紀なかば以降である。したがって、この系列の端緒をなす『アンティオケアの歌』は一二世紀末から一三世紀前半の間に成立したことになる。

この作品の冒頭には、多くの武勲詩と同様、作者（あるいはジョングルール）の口上が述べられている。そのなかに「この詩を歌う最近のジョングルールたちは、本当ならばはじめに語らなければならない部分を略してしまっていますが、全篇を書きあらためたグランドール・ド・ドゥエ de Douai はけっしてそんなことはいたしません」（一二—一五行）という宣言がある。これをもって、現状の『アンティオケアの歌』は、早い時代の武勲詩の特徴である一〇音節の形式で書かれていた原詩を、グランドールが一二音節という新しい形式で改作したものと推測されている。もっとも、この人物についてては何もわからない。名前に「ドゥエの」とあることから、フランス北部、ベルギー国境近くに位置するドゥエの出身かもしれないと推定されるくらいである（ただし、「ディジョンの de Dijon」と書いている写本もある）。

この改作者とおなじように、素性についてはほとんど知りうることがないものの、原作の作者らしき人物の名前が伝わっている。全篇の終わり間近に、「この歌をつくった者」として「リシャール・ペルラン」（「リシャールという名の巡礼者」の意味。十字軍の場合は、巡礼者は兵士のことも指す）という名前が引かれている（一〇八八六—八七行）。彼は第一次十字軍にみずから従軍し、事件からほどなくしてこの原詩を作ったのだろう、と考えられている。[*5]

なおここで注意しておきたいことは、『アンティオケアの歌』だけが単独で収録されている写本は存在しないということ、また、このことは十字軍系列の他詩にも当てはまるということである。つまり、この系列に属している武勲詩の場合、すべての詩が系列写本に収録されている。いいかえれば、十字軍系列に属している武勲詩は、系列の他詩とともに一篇の長大なストーリー（もっとも規模の小さい写本で三〇〇〇〇行、最長バージョンを収めた写本で六〇〇〇〇行）を成り立たせるためにアレンジされ、そのなかにいわばひとつの章（中世フランス文学では一般に「枝篇 branche」と呼ぶ）として組み込まれているのである。

ちなみに、十字軍系列は一一写本に残っているが、そのうち『アンティオケアの歌』を伝える写本は九つである。上記のようにテキストの内部に見出される手がかりから、第一次十字軍直後にリシャールによって作られた原作が、一二世紀後半から一三世紀前半にかけてグランドールによって改作されたという推定がなりたつにしても、わたしたちにとって確かなことは、一三世紀後半に作成された系列写本のなかに『アンティオケア』が書き残されているだけであるということは覚えておいた方がよかろう。[*6]

とはいえ、『アンティオケアの歌』におさめられているような白鳥の騎士伝説が、グランドールの時代にすでに流通していたことを証明する証拠がある。ここでふたたびギヨーム・ド・ティールに登場願おう。ラテン語年代記『海外においてなされた事蹟の歴史』において、ゴドフロワの兄であるユスタシュについて語っているさい、ギヨームは、「彼の祖先の起源について巷でいわれているような白鳥のつくり話は、たしかに多くの物語で言及されてはいるが、ここではあえて省こう。そのような話は真実からほど遠いように思われるからである」[*7]と述べている。つまり、すくなくともギヨームがこの記事を書いた一二世紀後半には、ブイヨン家と白鳥の騎士とが結びつけられていたことがわかるのである。

イスラムの背教者は十字軍の英雄？

さて、難航をきわめたアンティオケア戦だが、イスラムがたにひとりの裏切り者の存在がなかったら、十字軍の勝利はなかったことだろう。

この人物については、アラブの歴史家もヨーロッパの歴史家も、おおむね意見が一致している。アンティオケアの通称「ふたりの姉妹」塔の警備にあって、かねてよりボエモン・ド・タラント（ノルマン貴族。のちのアンティオケア公）と内通していた人物が、六月二日から三日にかけての夜、キリスト教軍兵士たちを城塞のなかなに導き入れた、というものである。

名前や裏切りの動機については、さまざまに伝えられている。アラブ側の歴史家で、有名な『完史』の作者イブン・アル＝スィールによれば、この人物は鎧職人で、名をフィルーズあるいはバルズエという。フランク人から多額の金品を受け取り、買収されたとのことである。ヨーロッパ側では、自身、ボエモンの家来として第一次十字軍に参戦していた無名の兵士がラテン語で書きのこした『フランク人ならびに他のひとびとによるエルサレムでの事績』によると、これはピリュス Pirrus という名前のトルコ人である。[*8] 動機については、つまびらかにされていない。この年代記は、ロベール・ル・モワーヌやギベール・ド・ノジャンなど、その後、十字軍について著作をのこした年代記作者たちに第一次史料として利用されたため、この内通者はピリュスの名前で知られることになる。もちろん、ギヨーム・ド・ティールもこの件について記述しており、彼の『海外史』では、名前がエミールフェリュス Emirfeirus と記されている。これは、イスラムの君主の称号エミールあるいはアミールとフェリュス Feirus とが接合されたものとかんがえられる。Feirus と Pirrus とは、写本の伝承の過程で混在しうる読みで、おなじ固有名詞とかんがえられる。ただし、ギヨームは、この人物がキリスト教徒だったと解釈している。じっさい、アルメニアや北シリアには多くのキリスト教徒が暮らしていたのである。

『アンティオケアの歌』は、彼をダシヤン Dacien という名前で登場させる。アンティオケア王ガルシヨン Garcion 配下のエミール（ここでは「代官」に相当）のひとりで、城塞の塔の防衛を任務としていた。そして、武勲詩は、年代記がいっさい記していない裏切りの前史について、この人物の息子を登場させて詳細に語るのである。

まず、十字軍の手に落ちた息子のために、ダシヤンは高価な贈り物をし、愛息の解放を懇願する。キリスト教徒はこれによろこび、ダシヤンの息子を豪華な武具で「フランス風に」（五五四九行）着飾らせて、敵軍に送りとどける。息子は、キリスト教徒の信じがたいほどの「気前よさ」（五五六八行）をたたえるとともに、無力な、「犬に喰われた」（五五七二行）マホメットよりも、いくさで勝ちをもたらしてくれるキリスト教の神のほうが信じるに足ると主張し、改宗を表明する。これを聞いたダシヤンは、息子をたしなめるどころか、これに同調し、その夜ボエモンのもとを訪れ、イスラムがたの援軍の情報をあたえるのである。

それ以来、ダシヤンは毎晩、（キリスト教の）神によって洗礼がなされ、アンティオケアをキリスト教軍にあけわたす夢を見る。そしてとうとう、天使が枕元にあらわれ、武装した十字軍兵士たちがよじ登っても、それに耐えられるだけ頑丈な革ばしごをつくるようにお告げをする。ダシヤンは鹿の革をつかってはしごをつくると、ボエモンのもとに走り、明けがたの時間帯に攻撃をしかけるように要請した。ボエモンは、見返りとして金品と身の安全の保障を約束した（五七二七―五八〇三行）。

こうして、ダシヤンは実質的にキリスト教徒となり、作者は彼を「よきトルコ人」、「祝福されたトルコ人」（五八六一、六一八三、六一八九、六二六七、六二七三行）と呼ぶ。ダシヤンは、城壁のうえにランプ片手に立ち、はしごを登ってくるキリスト教徒兵士を鼓舞しつづけ、さらに、彼を告発しようとする妻を城の濠に落として殺害する（五八九二―五九一三行）。敵兵士を城塞内に引き入れたさいには、改宗に応じない弟を殺すよう、敵兵士をうながす（六一九九―六二二六行）。また、城壁の頂上にたどりついた三五人の兵士を指揮し、城壁の門を開けさせる。こうして、八〇〇〇人のキリスト教徒兵が城内に侵入し、後世まで語りつがれることになるイスラム教徒の大虐殺がおこなわれる（六一七〇―六二九二行）。

このあと、キリスト教徒の町となったアンティオケアにおいて、ダシヤンとその息子、そして、多くのイスラム教美女がキリスト教に改宗する（六五一二―六行）のである。『アンティオケアの歌』の作者は、アンティオケア包囲戦におけるこの人物のはたした役割をじゅうぶんに理解しているからこそ、情報のかぎられた史実をここまでふくらませているといえるだろう。

十字軍系列では、このダシヤンを筆頭に、有力なイスラム諸侯がつぎからつぎへとキリスト教に改宗することになる。注目すべきは、それら改宗者は、たんにイスラムを棄てるだけでなく、いったんキリスト教徒になるや、こんどは十字軍の熱烈な兵士としてキリスト教のために戦うことである。つまり、武勲詩の世界では、味方であるイスラム教徒を裏切り、イスラム教を排撃することが、キリスト教徒としての信仰にかなうことを意味する。善悪二元論的な武勲詩の世界観を端的に表現しているといえるのである。

『アンティオケアの歌』の改作後、グランドール・ド・ドゥエはさらにふたつの武勲詩を手がけたとされている。ひとつは『アンティオケアの歌』と同様に改作で、原作者は不詳の『エルサレムの歌』である。物語としては『アンティオケアの歌』の続篇に相当する。もうひとつは、これら両詩のいわば間奏曲で、グランドール自身が原作者のである可能性を指摘される『虜囚たち』である。こうして十字軍三部作が完成されることになる。

『虜囚たち』

グランドール自身の作ともいわれる『虜囚たち』[*9]（約四〇〇〇行）は、風変わりながらもたいへん魅力的な武勲詩である。物語としては彼が改作した二作品の橋渡しをするものの、内容としては実際の歴史と関係ない。作者は史実から離れ、存分に筆を揮っているように思われる。

『虜囚たち』は、『アンティオケアの歌』冒頭のエピソードが前提となる。隠者ピエールの聖地解放の呼びかけに応じて中東遠征に集結した軍勢は、ニカエア近郊での戦いにおいて、ニカエア領主ソリマンならびにペルシャのスルタンに派遣されたコルバランの連合軍に粉砕される。このさい、コルバランの「虜囚」としてオリフェルヌに連行された騎士の中にリシャール・ド・ショーモン、ボードワン・ド・ボーヴェ、そしてアルパン・ド・ブールジュがいた。『虜囚たち』は、これら三人物をそれぞれ主人公とした三つのエピソードで構成されている。

アンティオケアで十字軍にまさかの敗北を喫した後、コルバランはスルタンの都サルマサンヌ（現イラン）に戻るが、その敗戦でわが子ブロアダスを失ったスルタンによって反逆罪に問われ、条件つきの死刑を言い渡される。キリスト教徒がイスラム教徒よりも強いことを双方の代表戦士の戦いによって証明できなければ死刑、というのである。自国オリフェルヌへ帰還したコルバランは、占星術を操る母カラーブルの助言をえて、虜囚たちをともなってサルマサンヌに引き返す。そのなかから選ばれたリシャール・ド・ショーモンは、スルタン側のチャンピオンふたりをみごとに破り、コルバランの無実だけでなく虜囚全員の解放を勝ち取ったのである。これが第一部である。

第二部は怪物退治の話で、武勲詩の一般的な規範からいちじるしく乖離する。コルバランと虜囚たちはオリフェルヌへの帰途、「サタナ」と呼ばれるドラゴンの棲むティグリス山にいたる。そこで、もと虜囚のひとりボードアン・ド・ボーヴェは単身山中に入り、同じく虜囚の身であったフェカン神父から授けられていた護符によって、怪物の体内に隠れていた悪魔を祓い、ついにこれを仕留める。

第三部もおとぎ話的な傾向が強い。コルバラン一行がオリフェルヌに無事帰還したのちに起きた事件が発端となる。水浴びをしていたコルバランの甥、すなわちオリフェルヌの王子が突如あらわれた狼に拉致され、その場に居合わせたアルパン・ド・ブールジュが追跡する。今度は大猿が王子を奪う。あらたに出現する四頭のライオンと戦い、アルパンは王子を守る。最後に王子は五人の盗賊の手に渡ってしまうが、駆けつけたコルバランによって無事救助されるのである。

虜囚たちとコルバランについて語られる一連の出来事を通して、このイスラム君主は徐々にキリスト教徒に好意を抱くようになり、ひいては彼らが信じ彼らを護るキリスト教の神の方がイスラム教の神々（中世ヨーロッパではイスラムは多神教と考えられていた）よりも優れていると結論するにいたる。武勲詩は元来、十字軍という「聖戦」のプロパガンダ文学としての性格が強いジャンルであることを考えれば、コルバランと十字軍戦士との友情をほのめかす『虜囚たち』の世界はきわめて異色のものといえる。

また、舞台となっているシリアの土地勘やそこに暮らす民族についての知識が具体的でかつ正確なことから、作者は現地の出身だとする説[*10]や、類似した題材が『ディゲネス・アクリタス』などの叙事詩に見られることから、ビザンツ文学の影響を受けて成立したものだとする説[*11]など、起源についても研究者たちの関心を引いてきた。

全篇の最後に、コルバランは、かつて彼の捕虜であった十字軍士たちにオリフェルヌを去ってエルサレム攻めを目前にしている同胞に合流することさえ許す。こうして『虜囚たち』の主人公たちは『エルサレムの歌』冒頭に再登場することになる。

十字軍精神の炸裂『エルサレムの歌』

約一〇〇〇〇行からなるこの武勲詩[*12]は、アンティオケア奪取後、パレスチナの地で十字軍が経験した艱難辛苦と聖地解放の偉業を歌っている。『アンティオケアの歌』にくらべると史実に依拠する度合いはうすれているものの、その壮大な詩想によってばかりではなく、緊密な構成と雄渾な詩的言語が見せる完璧なまでの様式美によって、武勲詩として傑作中の傑作といえる。

この作品が長大な規模をもつにもかかわらず緊密な印象を与える理由のひとつとして、エルサレム王子コルニュマランの存在の大きさをあげることができる。キリスト教徒側がゴドフロワ・ド・ブイヨンはじめとするフランス大諸侯の連合軍であるのに対して、イスラム側についてはコルニュマランが能くひとり十字軍相手に奮戦しているという印象を、この大武勲詩は全篇を通してあたえるのである。

エルサレムへと軍を進める十字軍がコルニュマラン麾下の部隊による急襲を受ける場面でこの武勲詩の幕は開く。この危難を救うのがオリフェルヌを発してきた旧「虜囚」たちである。十字軍の大軍は城砦都市エルサレムの包囲を完了する。エルサレム王コルバダスは、城の上空を飛ぶ三羽の鳶をゴドフロワが一撃の矢で射落としたのを目撃し、この離れ業をなしとげた人物こそ聖地の主人となると予言する。絶望に打ちひしがれる父王をコルニュマランは励まし、みずから兵を率いて夜襲をかけるが、『虜囚たち』の主人公のひとりアルパン・ド・ブールジュの活躍によって成功をはばまれる。主君であるペルシャのスルタンに援軍を求めるべく、まず伝書鳩が放たれるが十字軍に捕獲されてこれも失敗に終わる。ついにコルニュマラン自身が使者として出立し、包囲を突破、追撃も振り切ってスルタンのもとへ到着、援軍の約束を取りつける。

その間に、包囲軍による総攻撃が開始される。イスラム方もギリシャ火を使って防戦につとめるが、二日目にして城門のひとつが突破されキリスト教軍がなだれこみ、ここに歴史上に悪名高い十字軍によるムスリム大虐殺が行われる。ゴドフロワは征服が成った聖都の王に選出される。

コルニュマランが前衛を務めるスルタン軍が接近する一方、十字軍側にもフランス国王フィリップ一世の弟ユーグ・ド・ヴェルマンドワをはじめとする大公軍が加勢に到着し、物語は全篇のクライマックスであるラムラの戦いの場面を迎える。

クリスチャンに非ずんば人に非ず

エルサレムを目のまえにしての決戦場となったのは、現実にはラムラではなくアスカロンである。また、ここで詳細には立ち入らないが、この戦いにおけるキリスト教軍の諸侯の配置も、史実とはかなり違っている。しかし、現実とのもっとも大きな違いは、イスラム教徒軍の構成にある。そこには、文字どおりの怪物が参加しているのである。ここにきて『エルサレムの歌』の物語は、空想世界へと大きく傾いていくことになる。

そもそも、武勲詩のイスラム教徒には、正真正銘のムスリム以外に、アジアやアフリカの民族や、ヨーロッパにおいてまだキリスト教化されていない民族もふくまれていた。そして、ときには人間でない、空想上の怪物がくわえられることもあった。そのようにして『エルサレムの歌』のラムラ会戦におけるイスラム軍には、怪物たちの一大パノラマが見られるのである。

たとえば、ヴァルニューブル国の民は、肉を食さない。口にするものは、コショウと唐辛子、そして蝋である。肌の色はインクよりも黒く、目と歯だけが白い（二七九八—二八〇三行）。武勲詩では、怪物にかぎらず、イスラム教徒はつねに黒いとされる。内面の黒さを反映しているという理屈だ。

ボシダンの民については、詩人が詳細を語ることをたのしんでいるかのようだ。まず、この国は、不老不死の力をあたえてくれるという木——中世フランス文学が強い興味をしめした伝説のひとつ——から一〇日の距離はなれたところに位置する。住民は、いっさい衣服をまとわず、風に吹きさらしの状態で暮らしている。パンを食べたことがないどころか、パンについて聞いたこともなく、香辛料を常食としているが、腐敗した人肉も食用にもちいる。頭はヘビで胴はサル、そして、顎と歯は胸についている！　肌はインクやヤニよりも黒い。走ると矢よりも速く、舌がないので、雄牛のような鳴き声を発する。気性は荒く、戦闘向きである。（八八七八―八七行）。

さらに、アルファイン国は、大理石の岩でできた地下の土地である。ひとびとは、かみそりよりも鋭く切れる歯をつかってコショウとクミンを食べる。ワインは飲まない。脚は野生の鹿よりも速い。猟犬のように吠え、猟犬のように毛むくじゃらであって、いかなる衣服も身につけない。

外見がまさに恐ろしいのは、エスペック人である。マスチフ（番犬・闘犬の一種）の顔、くちばしのような口、そしてラインの爪をもつ。吠えれば、二里先まで声が鳴りひびく。全身が濃い体毛でおおわれていて、歯はするどい。

たしかに、『エルサレムの歌』の詩人は、このような化け物や彼らの住まう国の描写じたいに、意味を見いだしていたということもあろう。中世ヨーロッパにとって、紅海の彼方、さらに東方の未知の土地は、恐怖の対象であると同時に驚異の対象でもあった。想像をこえた世界に存在するかもしれない驚異、あるいは不思議に、中世のひとびとは魅せられていた。そのような関心を表現するために格好のジャンルだったのが、すでに紹介した「アレキサンダー大王物語」群である。一二世紀の後半から流行しはじめたこのジャンルは、東方の驚異を描いてひとびとを魅了した。武勲詩も、その影響を強く受けた。この『エルサレムの歌』もその一例だが、後述する後期の十字軍詩系列詩は、よりいっそう東方への興味――憧憬というべきメンタリティーが反映されることになるだろう――を直接的に表現することになる。

しかしながら、いまここで確認したいのは、イスラム教徒が化け物と一緒くたにされている意味だ。武勲詩の世界観では、キリスト教とイスラム教徒の境界は、人間と人間を分けるものではなく、人間と非・人間とを分けるものなのである。この世界の生きとし生けるものの境界は、人間という生き物と人間ならざる生き物とのあいだに引かれるのではなく、キリスト教徒とそれ以外のありとあらゆる生き物——いうまでもなく、そのなかには、わたしたち日本人もふくまれる——とのあいだに引かれる。後者は、殺してもかまわず、ときに殲滅すべき対象になる。単純なこの世界観こそ、十字軍精神そのものであり、その後の大航海時代から、ヨーロッパ（ならびにその出店であるアメリカ）が世界を席巻する近世と現代におけるオリエンタリズムを規定していくことになる。

なお、この『エルサレムの歌』にも、白鳥の騎士伝説への言及が見られる。

詩中、捕虜になった隠者ピエールは、ラムラの会戦を前にスルタンの求めに応じ、戦列を整えつつある十字軍各軍の大将を紹介する。その筆頭がゴドフロワ・ド・ブイヨンである。ピエールは、「あのおかたの母上のお祖父様は、ナイメーヘンの（ライン）河畔にお着きになられた『白鳥の騎士』でございます」（七九四一—二行）と説明する。

またこの会戦のさなか、敵方の名だたる武将をつぎつぎと倒していく弟のユスタシュ・ド・ブーローニュに対し、ゴドフロワが投げかける賞賛の叫びがある。「弟よ（実際にはユスタシュが長子でゴドフロワが次男であるが、順序を逆にしている写本が多い)、しかと見届けたぞ。そなたの戦いぶりは、白鳥の騎士たる我らが曾祖父様を思わせることよ！」（八四八九―九一行）

しかしながら、白鳥の騎士について、新たな情報は出されていない。『アンティオケアの歌』が語った内容にとどまっている。この謎の騎士は、あらたな物語の主人公となって表れるのである。

以上、『アンティオケアの歌』、『虜囚たち』、『エルサレムの歌』の三部作が核となり、一三世紀後半に十字軍系列が形成され、以降、約一世紀半にわたり発展を見せていく。この発展は二方向になされる。物語の時系列に沿って歴史を下りながら、『エルサレムの歌』を引き継いでいく方向と、歴史をさかのぼり、十字軍遠征に出発する前のゴドフロワの青年時代を語り、さらに彼の祖先を主題にしていく方向である。

2　おとぎ話の世界へ――白鳥の騎士の取りこみ――

故ブラバント公の姫エルザは、ドイツ国王ハインリッヒの御前で開かれた裁判で窮地に陥る。公国の領有をたくらむテルラムント伯によって、行方不明の弟ゴッドフリート殺しの罪で訴えられたのである。彼女の無実を証明するためには、誰かが剣をとってテルムラントを倒さなければならない。しかし、ブラバントの男の中に名乗りをあげる者はいない。かつて夢で見た「あの騎士」の出現を神に祈りつづけるエルザ。すると…

ワーグナーの歌劇『ローエングリン』（一八五〇年初演）における白鳥の騎士の登場シーンはまさに奇跡的である。白鳥が金の鎖で曳く小舟に乗り、まばゆいばかりに輝く甲冑を身につけた騎士を目にする者たちに、ワーグナーは何度も「奇跡だ！」と叫ばせている。

この白鳥の騎士は乙女を救い、けっして素性をたずねないことを条件に結婚する。そして、その禁忌が破られたとき、騎士は自分がパルジファルの息子、聖杯の騎士ローエングリンであることを告げ、迎えにあらわれた白鳥の曳く舟で去っていく。この白鳥こそ、魔法によって姿を変えられていたエルザの弟ゴットフリートだったのである。

このように語られる白鳥の騎士の物語は、たとえば『トリスタンとイゾルデ』や『パルジファル』

同様、中世のフランスで愛され、そしてドイツ文学に移された伝説の中にワーグナーが題材を汲んだものである。さきに見たように、白鳥の騎士伝説は、文献的にはギヨーム・ド・ティールの言及や『アンティオケアの歌』にまでしかさかのぼることができないが、おそらくは北フランス、フランドル地方や現ベルギー西部に、もっとずっと古くから口承で伝えられていた民間伝承だったのだろう。

『白鳥の騎士』伝説の総合と系列への取り込み

古来、多くの王国・帝国が自身の「創世記」を生み出してきた。偉大な英雄を始祖にいただく国家は、建国の英雄の出自と国の起源を語る創世神話を欲する。そして多くの王朝が権威を正当化し補強するために、由緒ある源を求めてみずからの歴史を美化し、あるいは新たに輝かしい過去を捏造してきた。ゴドフロワ・ド・ブイヨンが実質的な初代国王となったエルサレム王国のブイヨン家あるいはブイヨン王朝もしかりである。しかもこの王朝は、キリスト教の聖地を異教徒からいくさによって奪回し、その地にキリスト教王国を樹立した、いわば神によって選ばれし家系である。至高の神話が必要であろう。

じつは、白鳥の騎士を家系に結びつけようと欲したのはブイヨン家だけではない。フランス屈指の名家であるクレーヴ家もそれを試みたし、イギリスやオランダ、ドイツの諸家にも同様の企ての跡が見られる。[*13] しかし、十字軍系列のようないわば大河小説の一章としてそれを取り込むことに成功したのはブイヨン家をおいてほかにないのである。

栄光あるエルサレム王国の国王の出自にすでに結びつけられていた白鳥の騎士の伝説が、十字軍系列が形成される過程においてまず取りあげられるのは当然といえよう。初期三部作についで古い作品として、『白鳥の騎士』[*14]が挙げられる。

白鳥の曳く舟に乗りライン川をナイメーヘンまでやって来た白鳥の騎士エリアスは、ザクセン公レニエによるブイヨン伯領占領の暴挙を聞く。ブイヨン伯爵夫人には、彼女の領土と権利を守るために代理として戦う騎士がいない。エリアスは、皇帝オットーに申し出、彼女のためにレニエに挑戦し、激しい一騎打ちのすえ成敗する。夫人は彼にブイヨンの地と娘ベアトリクスを与え、自身は修道院に入る。エリアスは、自分の素姓をけっしてたずねないことを約束させた上でベアトリクスと結婚する。初夜にあらわれた天使によって、新妻が将来のゴドフロワ、ユスタシュ、ボードアン三兄弟の母となる娘イドを宿したことが告げられる。

皇帝軍をまかされてブイヨン領有に向かったエリアス軍は、レニエの仇討ちをたくらむザクセン人の大軍の待ち伏せにあい、絶体絶命の危機を迎える。しかし、エリアスの超人的活躍と神の加護によって勝利する。エリアスの理想的な統治によりブイヨンの地に安定が訪れたかと思いきや、再びザクセン人が来襲する。今回は皇帝の来援を得て、エリアスはザクセン人を殲滅する。

ここまでは、武勲詩の面目躍如たるいくさの描写がつづく。しかし、舞台がブイヨンに移ると、物語は一転、おとぎ話の様相を呈する。訳出してみよう。

さて、ザクセン人の話から離れ、イドについて語ることにしよう。六歳になったイドは、かしこく優雅な女の子に育っていた。父母である伯夫妻はこの子をたいへん愛した。イドは、これからお話しするように、のちに偉大な家系の始祖となることになる。しかし、彼女が七歳を迎えるまえに、悲しいできごとが出来したのである。

ある夜、伯のかたわらに寝る伯夫人は、どうしても夫の名と素性をたしかめたいという思いにとらわれた。寝返りをくり返すばかりで、どうしても寝つけなかった。ふたりの結婚七年目にあたる翌日の夜、夫人はやはりどうしても寝つけず、夫を起こし、キスをし、抱きしめ、愛撫しながらこういった。

「殿、どうぞ本当のことをおっしゃってくださいませ。あなたさまは一体どなたで、なんというお名前なのでございますか。どちらでお生まれになり、どこの国からいらっしゃったのですか。」

伯はこれを聞くとたいそう嘆き悲しみ、

「奥よ、われらの愛は、もはや終わりだ。明日、わたしはブイヨンを発つ」

翌朝、エリアスは武具を身につけ、教会でミサに列席したのち、馬の用意をした。妻と家来たちが、「どちらへいらっしゃるのですか」と問うても、「白鳥が迎えにきたので、わたしは去るのだ」と答えるのみだった。

娘のイドがやって来ると、彼女を抱きしめ、キスをしてこういった。

「いとしい娘よ、今日、おまえはもっとも大切なひとを失うことなる。おまえの母は、神に禁じられたものを口にし、夫にも食べさせ、それがために楽園から追放されたイヴとおなじように、してはいけないことをしたのだ。いちばんはじめに、わたしの素性を聞いてはならないと言ったのに、おまえの母はそれを聞いてしまった。わたしはもはやここに残ることはできない。去らなければならないのだ。」

これを聞くと、家来たち一同は涙を流して、たいへん嘆いた。

白鳥が姿を見せ、一声鳴き声をあげると、その鳴き声は国中にひびきわたった。皇帝が引きとめようとしたが、無駄だった。(中略)白鳥がふたたび鳴き声をあげると、伯は馬に乗った。家臣たちが彼につきしたがう。舟のまえまでくると、伯は十字を切り、舟に乗りこんだ。白鳥が曳く。やがて、舟はひとびとの視界から消えた。

なお、別れぎわ、白鳥の騎士はベアトリクスに象牙の角笛をたくし、大切にせよ、さもないと災厄に見舞われることになる、と言い残すが、この教訓は守られない。数年後、角笛のつるされていた塔が火事に遭う。すると一羽の白鳥が飛来し、角笛をくわえて飛び去る。ベアトリスは夫の言葉を思い起こし、塔を再建するとともに、のちのちまでイドを大切に育てたのだった。

このように、『白鳥の騎士』の冒頭ならびに後半には、窮地に陥った高貴な女性が、突如あらわれた超人的な英雄によって救われるというエピソードと、禁忌をおかしたことにより、しあわせと富とを一挙に失うというエピソードが語られている。いずれも、古い民話やおとぎ話に頻出のテーマである。白鳥の騎士の伝説にとってしてみても、十字軍系列にとり込まれることにより、ついに文学としての形を得たといえるだろう。

つぎになされるべきは、この伝説の騎士の出自を語ることである。彼は誰なのだろうか。あるいは、誰であるべきだろうか。ゴドフロワ・ド・ブイヨンならびにその家系の栄光を称揚する武勲詩系列において、彼の曽祖父ともあろう人物が正体不明の、たんなる謎の騎士のままでいいはずがない。それにふさわしい素性が必要である。

『白鳥の騎士の誕生』

ここでもまた十字軍系列にとってまことに好都合なことに、武勲詩の伝統ともブイヨン家ともまったく無関係ながら、人間から白鳥への変身を語るエピソードがすでに存在していた。そして、その「白鳥にされた子供たち」の変身譚は、『白鳥の騎士』にプロローグの形で接ぎ木されるものとして、つまり、白鳥の騎士の出自を説明するものとして格好の内容をもっていたのである。

十字軍系列全体の序章に相当する『白鳥の騎士 誕生』[*15]もまた、内容から判断すればあきらかにおとぎ話である。この物語については、四つのバージョンを区別できる。一九世紀の碩学ガストン・パリスはこれらを区別するために、各バージョンにおいて子供たちの母親にあてられている名前をもってした。[*16]まず「エリオクス」バージョンと「ベアトリクス」バージョン、それから前半が「エリオクス」で後半は「ベアトリクス」という折衷バージョン、さらにスペイン語「イゾンベルテ」バージョンである。ここでは、はじめのふたつのバージョンについて検討し、比較してみたい。

『白鳥の騎士の誕生』の「エリオクス」バージョンは、十字軍系列を収録する写本の中では最古に作成されたと推定され、パリのフランス国立図書館フランス語写本第一二五五八にのみ残っているものである。この写本は、一三世紀後半にフランス東北部で書かれたと推定されている。

ハンガリーの東に位置する国の王ロテールは、森で鹿狩の最中に道に迷い、泉のほとりで眠りに落ちる。目覚めたとき、そばにかしずいていた美しい乙女に一目惚れし求婚する。彼女エリオクスは、女の子ひとりをふくむ七つ子の誕生と、それと引きかえに自分が死ぬこと、そして彼らの子孫から東方の王になる者が出ることを予言する。

結婚後ほどなく、ロテールが出陣により不在中、それぞれ首に金の鎖を巻いた七つ子を産み落としてエリオクスは他界する。新婦を嫌い、この結婚を恨んでいたロテールの母マトロジリは、従者に赤子たちを獣の群がる森の奥に棄てるよう命じるが、従者は森に住む隠者の庵の戸口に置いて去る。戦から帰還した息子にマトロジリは、エリオクスが七頭のドラゴンを出産して死んだと告げる。

七年後、王の家来リュドマールは、森で偶然に立ち寄った隠者の庵で、彼に育てられている子どもたちを目撃する。それを聞いたマトロジリはリュドマールに彼らから金の首輪を取り外してくるように命じる。寝入っている最中に鋏で首輪を奪い取られた六人の男の子たちは白鳥に変身し飛び去る。

王は城ちかくの池に飛来した白鳥を殺めることを禁じるが、王の甥はそれを知らずに狩りを試みる。王は激昂し、金の杯を投げつける。破損した金杯の脚を修理させるため、マトロジリは金細工師に六つの金の首輪を渡し、そのうちのひとつを熔解して使うように言う。

ところで、兄弟たちが首輪を盗まれたとき別の部屋で眠っていた女の子は難を逃れた。隠者は一人きりになってしまった彼女のことを哀れに思い、ロテール王の宮廷に赴かせる。女の子は池に泳ぐ六羽の白鳥が兄弟たちであることに気づき、それ以来、餌を与えるようになる。その様子を見た王は、彼女を召し出して話を聞き、マトロジリが嘘をついていたことを悟る。金細工師のもとに残されていた五つの首輪が返され、六羽のうち五羽の白鳥は人間の姿を取り返す。五人の兄弟は父王によって騎士に叙任され、冒険を求めて旅立つ。このうちのひとりの乗った舟を白鳥の姿の兄（弟）が曳く。彼らはライン川を下り、六〇日あまりのちにナイメーヘンに至るのである。

これとほぼ同じ内容をもつ別の物語をガストン・パリスは紹介している。

一一九〇年頃、ブイヨン家とも関係の深いロレーヌ地方（下ロレーヌはゴドフロワ・ド・ブイヨンの所領）に位置するオート・セーユという町の修道僧であったジャンがラテン語で書いた『ドロパトス、または王と七賢人の話』に収められたエピソードのひとつがそれである。これは二、三〇年後、エルベール・ド・パリによって改変をくわえられながら、八シラブルのフランス語韻文に訳された。フランス語による「白鳥の騎士の誕生」篇としては、これがもっとも古いバージョンになる。

主人公は「ある若い領主」である。「エリオクス」より古いこの物語では、登場人物にいっさい名前がない。

森で牡鹿狩りの途中、領主は泉に行き当たる。美しい妖精が水を浴びていた。ひと目惚れした領主は彼女を求め、二人は結ばれる。妖精はその夜の星座を読み、男六人女一人の七つ子出産を予言する。金の輪を首につけた赤子たちが生れたとき、結婚に反対していた領主の母親は七頭の子犬とすり替える。何も知らない領主は罰として妖精を城の中庭に胸まで埋めさせ、犬の餌を与える。

七年ものあいだ、ひとびとは食事のさい、彼女の頭上で手を洗い、彼女の髪で手を拭いた。領主の母親は従者に七つ子の殺害を命じたが、憐憫の情から従者は森に置き去りにするにとどめる。さいわいなことに、彼らは隠者にひろわれて育てられた。

七年後のある日、森で狩りをしていた領主は、金の首輪をつけた子どもたちに出くわす。その話を聞いた母親は命令が実行されなかったことに気づき、おなじ従者に子どもたちから首輪を奪ってくるように命じる。森に赴いた従者は、川につかるため首輪をはずした男の子たちが白鳥に変身しているのを目撃する。そして六人の首輪を預かっている女の子からそれを奪うが、残りのひとり分、首にかかったままの彼女の首輪はあきらめざるをえない。母親は六つの首輪を金細工師に託し、それで杯をあつらえよという。ところが六つのうち五つまではどうしても溶かすことができない。やむをえずひとつだけを他の金と混ぜ、杯がつくられる。

六羽の白鳥と、さらに白鳥に変身した姉（妹）は、城のそばの池に飛ぶ。彼女だけは人間と白鳥の姿を自由に選べるのである。彼女は人間の姿にもどり、城で物乞いをして得たパンを、白鳥たちと、いまだ半身埋めの刑に処せられている母親にあたえ、そのそばで毎夜眠る。

これを不審に思った領主は、彼女から事の次第を聞き出し、真相が明らかになる。王の母親は彼女の殺害をはかるが失敗し、白鳥たちの母である妖精のかわりに埋められる。五羽の白鳥には金の首輪が戻されるが、首輪を失った一羽だけは白鳥の姿をとどめ、兄弟のひとりが乗る舟を金の鎖で曳くのであった。

フランス語訳のさいにほどこされた改変のうち、ここで重要なのは、エピソードの最後でエルベールがこの白鳥の曳く舟に乗る騎士について、「この騎士はその後ブイヨン公領を所有されたのです」[*17]と述べ、白鳥の騎士とブイヨン家とのつながりを明示していることである。

『白鳥の騎士の誕生』九写本のうち、六つが「ベアトリクス」[*18]である。もちろんこれと「エリオクス」とが併せておさめられていることはないが、両方の折衷型といえるバージョンが二写本に収録されている。したがって、系列写本一一のうち、いかなるバージョンであっても、『誕生』をふくまない写本は二つだけで、そこでは『白鳥の騎士』本篇から十字軍系列がはじまっている。

「ベアトリクス」の冒頭は、イルフォール国の王オリアンが妻ベアトリクスとともに城の窓から外を眺めている場面で幕を開ける。

向こうから双子づれの女性が歩いてくるのを見て、オリアンは子どもの授からないことを嘆く。跡取りの生れないことだけがこの結婚の瑕疵なのである。嫉妬の念に駆られたベアトリクスは、双子は、女性がふたりの男性と不貞に及んだ証だと抗弁する。ところがまさにその夜、彼女自身、七つ子を身籠もる。王の不在中、銀の首輪をつけた六人の男の子と女の子ひとりが生まれる。

悪魔を宿した女性、王母マタブリュヌは、王妃を憎むあまり、新生児が、王とそれ以外に六人の男の種だといい立てる。そして、従者に七人を森へ運んで殺すように命じると同時に、息子には、生まれたばかりの七頭の子犬たちを見せ、ベアトリクスが産んだと騙り、彼女の死罪を主張する。王は当面、妻を投獄せざるをえない。一方、従者は赤子たちのことが可哀想で、森の中の川の畔に放棄するにとどめる。ある隠者がそれを拾って養う。

数年後（写本によっては一〇年後）、件の隠者の庵を通りがかったマタブリュヌの家来（森番）が、銀の首輪をした子どもたちに遭遇する。報告をきいた女主人の命により、彼は森にもどって六人の子どもの銀輪を盗み取る。ちょうど留守にしていた男の子ひとりは難を逃れる。五人の男の子と女の子は、白鳥に変身して飛び去ると、オリアン王の城ちかくの池に舞い降りる。マタブリュヌは、六個の銀輪を溶かして一つの杯を作るように金銀細工師に命じたが、驚くべきことに、たったひとつの輪でふたつの杯を鋳造することができたので、残りの五つは手つかずに残された。

一五年の月日が経ち、マタブリュヌの主張をまえに、オリアン王はベアトリクスの火刑を許可せざるをえなくなる。彼女を守るために戦う者が名乗り出なければならない。この危機が天使によって隠者に告げられる。それを聞き、母の窮地を救うため出立した男の子は、洗礼を受けてエリアスの名を得、死刑の執行直前に到着する。

エリアスは、一騎討ちのすえマタブリュヌ側のチャンピオンを倒す。五つの銀輪が白鳥たちに返還され、人間の姿を取り戻した彼らは洗礼を授けられ、男の子はオリアン、ザカリ、オリオ、ジャン、女の子はロゼットと名づけられる。

父王によって戴冠されたエリアスは、マタブリュヌの居城を攻め落とし、この魔女を火刑台に送る。翌朝、川岸に出ると、ただ一人白鳥の姿をとどめた兄（弟）が舟を曳いてあらわれる。エリアスはこれに乗って出航し、やがてナイメーヘンへいたるのであった。

このようにして、『白鳥の騎士』の前史が幕を下ろす。十字軍系列に統合された時期を反映して、詩形は上述の一二音節アレクサンドランだが、話の内容は、武勲詩ともアレキサンダー大王物語とも関連のないおとぎ話である。

そして、「ベアトリクス」と「エリオクス」は、ともに白鳥の騎士の由来を語ってはいても、かなり違う印象を与える。

大きな違いのひとつは、両バージョンにおけるキリスト教的傾向の強弱の差であろう。成立時期の早い「エリオクス」には異教的要素がなまなましく残っている。そもそも、人間が白鳥に変身するという極めて異教的な発想も、また、妖精のように人間ではない「異種」が、人間のとりわけ「貴種」と出会って結ばれるものの、人間側が禁忌をおかしたために去っていくという物語の構造[*19]も、キリスト教の聖戦思想を原動力とする十字軍系列の武勲詩には異質の要素である。

それに対して「ベアトリクス」では、天使の介入が重要な役割を帯びているのにくわえ、森のなかで野生児として育ち、戦いの作法についてなんら知らなかった子どもが決闘に勝利することができたのは、洗礼を受けて「エリアス」となることによって神の加護を得たからであるとされる。[*20] 異教の要素が薄められているというよりも、キリスト教的な要素が強調されているといえるだろう。

もうひとつの大きな違いは、物語後半の主人公である。「エリオクス」では白鳥たちの姉（あるいは妹）に焦点が当てられているのに対して、「ベアトリス」ではエリアスが主人公である。系列の流れのなかに置かれたとき、どちらが全体に対して適合しているかはあきらかである。

『白鳥の騎士の最期』

系列写本のなかで『白鳥の騎士』を収録する写本は九つだけだったが、そのうちの七写本が約二四〇〇行をついやして、『エリアスの最期』、すなわち白鳥の騎士の後日譚を語っている。白鳥とともに姿を消した騎士はその後どうなったのだろうか、という謎にこたえるものである。

『エリアスの最期』は、プロローグとして「ベアトリス」バージョンの『誕生』と『白鳥の騎士』の物語を簡潔に振り返ったあと、新たなエピソードに入る。

ナイメーヘンをあとにしたエリアスは白鳥とともに故郷イルフォールに帰還する。両親と兄弟たち、そして姉（あるいは妹）は歓喜する一方、ただひとり依然として人間の姿を取り戻せない兄（あるいは弟）を見て悲しむ。ここに白い舟に乗った白装束の人物が到着し一通の手紙を届ける。そこには、エリアスの兄弟姉妹がどのような経緯で白鳥に変身してしまったのか（つまり『誕生』エピソードの核心部分）が回顧されたあと、まだ白鳥のままでいるひとりを人間に戻すには、残ったふたつの金輪が必要であること、そのうちのひとつは金銀細工師の手元に、もうひとつはマタブリュヌの宝物庫にあることが書かれていた。

金輪が両方とも回収され、手紙に説明されていた手順に従い、金輪ひとつずつを載せた祭壇のあいだにしつらえたベッドのうえに白鳥が寝かされ、ミサが執行される。ワインとパンがキリストの血と肉に変わったとき、白鳥はこのうえなく端正な青年に姿を変えていた。彼はその場で洗礼を受け、エスムレと名づけられる。

オリアン王が亡くなり、エリアスが跡を継いで模範的な王として国を治める。しかし妻帯を乞う周囲に対して、ナイメーヘンに残してきたエルザのことを理由にかたくなに拒否し、代わりに兄のオリアン（死んだ父王と同名）をつぎの王に指名する。やがて彼は、狩の途中で見つけた美しい土地に「新ブイヨン」の壮麗な城を築く。さらに、彼を育ててくれた隠者が亡くなると修道院を建て、彼自身僧侶となって隠遁する。

物語はこの後しばらくのあいだ、アルデンヌの司祭ポンスを主人公として、彼とその一行のエルサレム巡礼、エルサレム王子コルニュマランとの出会い、巡礼からの帰途の出来事を語る。

ポンスたち巡礼者たちはアッカから海路ヨーロッパへ帰るが、イタリアを目前にして嵐にあい遭難する。一〇カ月の漂流後、彼らはイルフォールにたどり着き、そこで白鳥の騎士エリアスと邂逅する。

エリアスは妻エルザと娘イドを連れてきてくれるように頼む。

ポンスらは、不思議な旅をしたすえ、たった一カ月でナイメーヘンに帰り着き、今度は王妃と姫とともにイルフォールへ引き返す。妻子との再会を果たしたエリアスは、自分の命はまもなく尽きること、イドは一年以内にブーローニュ伯と結婚して三人の男子をもうけること、そして将来、長男はエルサレムの王となり、弟二人もまた大きな力を手にすることを予言する。

エリアスとの今生の別れのあと、エルザたちは帰国する。ある日、一羽の鳩が手紙をもたらし、白鳥の騎士の死を告げる。エルザは残りの人生を尼僧として送る。一方、美しい乙女に成長したイドは数多の貴公子から求婚を受けるようになっていたのである。

『若き日のゴドフロワ』

『白鳥の騎士の最期』をおさめる七写本ではこれにひきつづき、また、『最期』をふくまない四写本では『白鳥の騎士』の直後に、『若き日のゴドフロワ』[*21]と呼ばれている物語が置かれている。つまり、この『若き日のゴドフロワ』というエピソードは、系列写本一一のすべてに収録されていることになる。

研究者が与えているタイトルとは裏腹に、全部で三七〇〇行強のうち、文字どおりゴドフロワの幼・少・青年期を語るのは前半の二〇〇〇行あまりである。まずイドとブーローニュ伯ユスタシュとの結婚、三兄弟の誕生、そして一七歳で騎士に叙任されたゴドフロワがオットー皇帝の宮廷に赴き、そこでは（かつて彼の曽祖父がしたように）城と領地を不当に奪われようとしている貴婦人を助けるため、一騎打ちによって悪漢をくだし、その功績によって皇帝からブイヨン公に封ぜられる。

このあと、舞台は突如メッカに移動する。ここからの物語の主人公は、キリスト教徒の英雄ではなく、『エルサレムの歌』に登場していたエルサレム王子コルニュマランである。イスラムの占星術によって、キリスト教徒による聖地奪回が予言され、これに衝撃を受けたコルニュマランが、予言の信憑性をたしかめるため、商人に変装のうえ、単身ヨーロッパをめぐる、という筋立てだ。隠密旅行の先々において、聡明かつ豪胆なイスラム王子が、キリスト教世界についておこなう批判が一種の文明論となっており、後代のモンテスキュー『ペルシャ人の手紙』を髣髴させるものとなっている。このエピソードによっていわば十字軍前夜のヨーロッパが描かれたのち、最後にコルニュマランのパレスチナ帰国とイスラム側のキリスト教軍迎撃準備が語られ、いよいよ十字軍の幕が開く運びとなる。つまり、十字軍系列としては、『アンティオケアの歌』に接続し、『虜囚たち』と『エルサレムの歌』が語られたあと、つづいて第一次十字軍後のエルサレム王国の歴史が虚実ないまぜに描かれた武勲詩を量産していく。『エルサレムの歌　続篇』と総称される諸詩がそれである。

『虜囚たち』のエピソードですでにキリスト教徒に対して好意を抱いていたイスラム君主コルバランがキリスト教に入信するという『コルバラン改宗』。枠組だけは歴史に借りつつ、内実は荒唐無稽なエピソードを語る諸篇（『アッカ奪取』、『ゴドフロワの死』、『ボードワン諸王の歌』）[*22]である。また、この『エルサレムの歌　続篇』とおなじ人物を登場させ、おなじ事件を材料にしながらも、まったく別の物語に仕立てあげた「『エルサレムの歌　続篇』後期バージョン」も存在する。[*23] これは一四世紀になってから成立したもので、一三世紀中のバージョンにおいては殺されて終わっていたイスラム君主たちが、この後期バージョンではつぎつぎにキリスト教に改宗し、さらに十字軍の切り札としてイスラム教徒を打ちやぶっていくことになる。

つまり、十字軍系列は、ゴドフロワの祖先をもとめて時間をさかのぼり、白鳥の騎士にまつわるメルヘンを発展させていく一方、フランク人にとって近現代史としての十字軍を素材にしつつ、史実とはまったく異なる薔薇色の物語を展開していくことになる。いずれも、悲惨な現実を、武勲詩の世界で書き換えようとする意図によるものだとかんがえられる。そしてこの傾向は、一四世紀になるといっそう強くなるのである。

3　伝説と化した十字軍

夢の十字軍

一四世紀は十字軍が伝説になった時代であるとは、歴史学者アルフォンス・デュプロンが『十字軍という神話』（一九九七年）[*24]で打ち出した主張だ。中東のキリスト教勢力は一三世紀末、エルサレム王国の首都アッカを失った。これによって、初期十字軍で獲得したシリア・パレスチナの十字軍国家の領土を、ほぼ完全に失うことになった。そして、一四世紀はつぎからつぎへと十字軍が計画されたものの、ついぞ実行にいたらず、企画だおれが相ついだ。そのような状況で、栄光の第一次十字軍への憧れと、悲惨で情けない現状への失望とが相まって、十字軍というものがノスタルジーの対象となったとき、それは伝説と化したのだというわけだ。

一四世紀はじめ、十字軍はすでに「理論家の時代」に入っていた。[*25]それまでの失敗を踏まえ、より具体的で実際的、あるいはむしろ実務的な計画立案が行われるようになっていた。たとえば、聖王ルイの弟シャルル・ダンジュー（一二二七―一二八五年）は、中東をアンジュー家の版図に組み入れることにより、フランス本国・南イタリア・シチリア・パレスチナからなるアンジュー帝国の樹立をめざしたが、「シチリアの晩祷」事件をきっかけに、志なかばで挫折した。その父の遺志を継いだナポリ王シャルル二世は一四世紀のはじめ、イスラム勢力の補給基地であるエジプトを経済封鎖するとともに、全騎士団を統一してこれを十字軍の主力とし、フランス王ないしそれに準じる者が総指揮を執るべしという、政治的野心に満ちた建白書を提出した。しかし、この十字軍も実現されることなく消え去った。

つまり、宗教的熱狂がすべてを牽引し、猪突猛進、結果は無残という十字軍への反省に立ってのことではあるにしても、理論先行、見るばかりで跳べないでいる時代に入っていたといえるだろう。そのような時代にあって、十字軍系列は十字軍にどのようなイメージをあたえているだろうか。

十字軍系列のうち、一四世紀を代表する作品といえば、『白鳥の騎士とゴドフロワ・ド・ブイヨン』[*26]だ。この世紀のなかば、すでに成立していた十字軍系列の全詩をまとめて一篇の武勲詩としたものである。したがって、とにかく長い。一行一二シラブル《アレクサンドラン》で、三五〇〇〇行に及ぶ。作者は不詳だが、残されたふたつの写本からいえることは、いずれもフランス北東部ヴァランシエンヌやエノー地方の地域の方言で書かれている、つまり、ゴドフロワ・ド・ブイヨンをはじめとするブイヨン家の血を引く国王たちの出身地の産物だということである。

この作品は、先行武勲詩群のいわばダイジェスト版だ。しかも、たんに全体が一貫性をもった物語になるよう按配したというだけではなく、内容的に大幅な改変がさまざまにほどこされている。まず取りあげたいのは、改作において大幅な加筆の対象になっているテーマである。

まず、この長編詩の冒頭数行はこのようにはじまっている。

「聖母さまの御名にかけ、みなさまどうぞお聴きくださいませ。全能なる神、あらゆる善の目的地である神がみなさまを天国の栄光にお導きくださいますように！　みなさまにわたくしが歌いますのは、神の奇跡について、大いなる裏切りと死を招く憎しみについて、そして、高貴なる人々の剣と愛について、さらに、イスラムの民の殲滅と、エルサレム、ニカエア、アンティオケア、そのほかさまざまな東方の地の攻略と回復についてでございます。」

作者みずから、この長編のテーマを、「剣と愛について」と歌っている。この改作は、テーマ的からしても、形式からしても、また技法的にも、れっきとした武勲詩である。武勲詩である以上、叙事的であることを放棄することはなく、その主たるテーマのひとつは、まちがいなくいくさであり、「剣」のことだ。原作の詩群とこの改作のトーンをはっきりと隔てているのは、「愛」の扱いである。

もっとも、愛のテーマが原作で扱われていなかったわけではない。一三世紀後半の『エルサレムの歌続篇』では、すでにラブ・ロマンスがとり入れられていた。このなかの一エピソードである「コルバラン改宗」のエピソードで、改宗したコルバランは新たな主君ゴドフロワに「またとない美女」として妹フロリを紹介する。この場面において、フロリの美しさが詳細に描写される。百合の花のような白い肌、美しい首、形のよい口・あご・歯・歯並び・目・眉毛・鼻・額・金髪・笑み、つまり、見目うるわしく、さらに才にも長け、完璧な美女だ。これは、作者が「宮廷風恋愛」をテーマとした物語の手法からじゅうぶんに学んでいることをしめしている。

じっさい、一三世紀の武勲詩に男女のロマンスが描かれることはめずらしくなかった。というのも、武勲詩にひと足おくれて発生したロマン・クルトワ（宮廷風恋愛をテーマにする物語詩）と武勲詩とは、相互に影響しあって成長したと言えるからである。ただし、武勲詩におけるロマンスは、改宗のテーマと結びついて展開されるのが大きな特徴だ。つまり、キリスト教戦士とイスラム教美女が恋仲になり、後者がキリスト教に改宗することになる。十字軍系列についてもおなじことがいえる。

フロリの美貌に打たれたゴドフロワはつぶやく。「フランスでもシリアでも、いまだかつて、既婚未婚を問わず女性に私の愛が受け入れられたことはなかった。しかし、心の欲するままに、この女性に自分を捧げよう。私の身も心も、すべては彼女のものだ。彼女が私を拒まず、彼女の愛が、嘘いつわりなく私を受け入れるよう、神様がはからってくださいますように！　私は彼女を愛している。しかしながら、彼女のほうは私を愛してくれているだろうか。」

これも「宮廷風恋愛」の表明だが、『アンティオケアの歌』や『エルサレムの歌』における、神の戦士の鑑たるゴドフロワと比べると、まったく別人のようだ。

フロリが改宗し、翌日結婚となる。ここで作者は、フロリがただの初心な乙女ではないことを周到にほのめかす。「彼女はひとに聞かれないようにいった。『神様万歳！これですべて私の思い通りになるわ。だって、この世のだれよりもすぐれ、だれからも尊敬される男を手に入れるのですもの。ぜったいまちがいないわ！』」

このようなエピソードでは、このあと勃発するフロリが原因の騒動の伏線となる。ゴドフロワに遺恨をもつエルサレム大司教へラクレイウスが、ノルマン貴族のタンクレッドにゴドフロワ毒殺を持ちかける。タンクレッドは誘い乗りかける。彼にはふたつの動機がある。ゴドフロワさえいなくなれば十字軍のリーダーの座ともうひとつ、フロリを手に入れられるのだ。彼もまた、初対面でゴドフロワ王妃の虜になってしまっていたのだ。結局、彼は陰謀に加担することはなかったが、大司教に実行犯として名指しされる。フロリの方は首謀者とされる。激しい一騎打ちのすえ、タンクレッドはフロリと自分の潔白を証明し、そして彼女を妻に迎えるのである。このように見てきていえることは、美しきイスラム女性フロリを登場させるロマンスが、物語の装飾的なエピソードとして語られているのでなく、物語全体を推進するエネルギーとして働いていることだ。

では、『白鳥の騎士とゴドフロワ・ド・ブイヨン』は、ふたりのロマンスをどのように書き改めているだろうか。

作者は、モデルとしたテキストの該当箇所を改作するだけで満足しない。はやくも『虜囚たち』の部分にフロリを登場させる。虜囚のひとり、十字軍戦士アルパンがゴドフロワを褒めたたえるのを彼女は聞く。そして、ゴドフロワへのプレゼントとして指輪をアルパンに託す。アルパンは、カエサリアに陣を張っていたゴドフロワのもとにたどり着き、指輪を渡す。すると、「ゴドフロワ公はアルパンがフロリの美貌について語るのを聞くと、愛神の矢に貫かれた。彼の心は愛の炎で燃え上がった」。つまり、まだ見ぬ相手に対してゴドフロワが恋に落ちるように改変しているのだ。ただし、これは中世フランス文学における恋愛のきっかけとして常套手段である。改作者はさらに加筆する。

ゴドフロワは部隊を弟ボードワンに任せ、アルパンだけをともない、お忍びで敵国オリフェルヌへ出発する。なんと「乙女フロリに会うために」(一四〇九五行)。ところがオリフェルヌでは、スルタンの息子とフロリとの婚礼が執り行われようとしていた。ゴドフロワは失望し、嘆き悲むが、アルパンに慰められ、励まされて、その夜、フロリの寝室に忍び込む。ゴドフロワの振る舞いがあまりにも恭しいので、フロリは驚きを隠せない。それに対し、ゴドフロワは次のように語るのだ。この改作が打ち出すゴドフロワのイメージを象徴するセリフである。

「奥方、しかと説明申し上げましょう。わたくしの国では、女性に対して敬意を表さない君主、諸侯などおりません。神の子をお宿しになられた我らが聖母さまにかけ、これはまちがいのないことです。そしてまた、わたくしたち男は、女性を尊敬しうやまわなくてはいけないのです。と申しますのも、女性に対する敬意こそ、あらゆるよろこび、名誉、しかるべき物言い、価値高きものを手に入れんとする気高き勇気、礼儀、やさしさ、やさしい眼差し、権威、力、思い出、高貴さ、しかるべき考え、こうしたものすべての源なのです。男たる者が人生において言葉にできる、ありとあらゆる善きことは、女性と、彼女に対する愛情から発するのです。男は愛に奉仕し、女性に恭順の意を表さなければなりません。」

彼はここでも、宮廷風恋愛を体現する騎士になっているのだ。

このあとゴドフロワは、駆けつけたフロリの婚約者をはじめとするイスラムの戦士たちと大立ち回りを演じ、エルサレムを奪取したあかつきにはフロリを妻にもらうという約束を、兄であるコルバランから取りつけ、十字軍キャンプに帰還する。

『虜囚たち』の箇所に加筆されたこのエピソードだけで、およそ三〇〇〇行が費やされている。さらに、『エルサレムの歌』の部分においては、フロリがゴドフロワに宛てた手紙が敵将コルニュマランの手に落ち、ゴドフロワを誘き出す手段として利用されるという、これもまた、まったく新しいエピソードが挿まれる。ゴドフロワは罠にはまり敵の手に落ちる。この窮地を脱するのも、フロリと手を取り合って、という次第である。『エルサレムの歌』の原作者からすれば、突拍子もない挿入であろう。

そして、『エルサレムの歌続篇』の箇所について、モデルとなった原詩が二七〇〇〇行、改作はそれを約一〇〇〇〇行に縮めているにもかかわらず、恋愛に関するエピソードはすべて語られている。その結果、いくさを歌う物語はあくまでも枠組として残っているのみで、メイン・テーマは恋愛という印象をあたえるようになっている。

このように、一四世紀の改作が描くゴドフロワ・ド・ブイヨンは、まことに色好みである。色好みといっても、英雄色を好むといった堂々たるものではなく、むしろゴドフロワが恋に翻弄されている。そして、その恋が物語の牽引力となっているといえるのだ。戦いの場面だけではともすると類似のシーンの繰り返しになりがちなところ、波乱万丈のラブ・ストーリーが軸にすえられるからこそ、物語が前へ前へと進む仕組みになっている。改作のゴドフロワは、『荷車の騎士』のランスロットを連想させずにはおかない。

このように、十字軍の世界を舞台に物語を展開してきた武勲詩において、十字軍はもはやほとんどリアリティーを持たない、いわば夢物語の枠組となった。このような文学が、当時の北フランスの心性を反映しているのはたしかだろう。デュプロンの「一四世紀に十字軍は伝説となった」という総轄に対応するものといえる。

現実から逃避する十字軍詩

もちろん、この時代に、十字軍についてフランス語で書かれた表現はこれだけではない。

じつは、伝説と化していた聖地回復が、本当に成就するのではないかと思われた時期が、この世紀にはあった。キプロス王国が国王にピエール一世を戴いていた一三五九年からの一〇年間だ。十字軍に身命を賭し、政治的理念と野心と宗教的情熱に支えられたたぐいまれな実行力によって、この十字軍のカリスマはヨーロッパのキリスト教世界を本気にさせたのである。じっさい、ピエール一世は、一三六五年にアレクサンドリアの攻略に成功した。前述のアレクサンドリア十字軍である。しかしながら、彼が暗殺という悲劇的な最期を迎えたとき、同時代のひとびとは、十字軍がやはりはかない夢であったことを実感したことだろう。

このピエール一世とゆかりのふかい芸術家に、ギヨーム・ド・マショー（一三〇〇頃―一三七七年）がいる。当時のヨーロッパ随一の作曲家であり、詩人としても文名を馳せていた人物である。フランス国王の宮廷人であった彼は、ピエール一世が十字軍「招致」のためにヨーロッパを歴訪したさい、パリの宮廷で国王に拝謁し、その人柄に強い印象を受けた。そして、王の暗殺死から一〇年後の一三七〇年ころ、王の生涯を賞賛し、非業の死を悼む、八音節で約九〇〇〇行の雄渾な叙事詩を書いた。『アレクサンドリア攻略、あるいはピエール一世の年代記』である。[*27]

その冒頭、未来のキプロス王となるピエール一世の誕生の経緯を語るさい、マショーは彼のなかにゴドフロワ・ド・ブイヨンの後継者を見ようとしている。

「そしてブイヨン公ゴドフロワは、その財力と叡智と武力と偉業、そして比類なき善行によって、約束の地のほとんどを征服し、かの地で生を終えた。我らはこの土地のすべてを耕し、善良なるゴドフロワを復活せしめ、そしてそれを守る者を見出さねばならぬ。」

ここに描かれているゴドフロワのイメージは、同時代の『白鳥の騎士とゴドフロワ・ド・ブイヨン』のものとはあきらかに異なり、史実のゴドフロワに近い。たしかに十字軍系列のゴドフロワは、一四世紀に宮廷風恋愛の体現者となったが、この時代、史的なゴドフロワ、そして史実としての十字軍のイメージが顧みられなくなったわけではない。

それは、前述したように、ギヨーム・ド・ティールの『海外史』フランス語訳、すなわち『ヘラクレイオス帝史』の直接的な影響を受けた年代記が、一四世紀にあいついで成立していることによって証明されている。第四次十字軍の結果生まれたペロポネソス半島のモレア公国の歴史を語る『モレア年代記』では、第一次十字軍の記述について、その小見出し（インキピト）が、『ヘラクレイオス帝史』のそれにほぼ完全に対応している。また、キプロス島でも、一四世紀初頭までの地中海東岸世界の年代記が、『キプロス戦記』のタイトルで集成されるが、その最大のソースは『ヘラクレイオス帝史』

である。

このように、わずかに命脈を保っていた十字軍の末裔たちの国々で『ヘラクレイオス帝史』がたえず持ち出されたのは、自分たちを栄光ある初期十字軍の英雄たちの後継者とみなそうという帰属意識のあらわれだったと解釈できる。つまり、テキストそのものはまぎれもないノンフィクションのテキストだが、それを受容していた人々の意識は十字軍の歴史を伝説として受けとめていたのだといえるだろう。

一四世紀、十字軍を語る文学ジャンルのうち、武勲詩は、十字軍の英雄とイスラムの美女との愛を物語のメイン・テーマにしつらえ、そのサブ・ストーリーとして十字軍を進行させた。十字軍はむしろ枠組みで、内容としては、剣から愛に比重が移った観がある。もうひとつのジャンルである年代記については、ギヨーム・ド・ティールの年代記にもとづいた、昔日の栄光にみちた十字軍の記述の需要はとだえず、供給もなされつづけた。懐古趣味を色濃くした、一種の時代小説としての表現には、現実逃避を見ることができよう。

この世紀の後半、フランス文学は散文の時代に入った。新作にせよ、既存の韻文作品の散文化にせよ、散文による表現が文学の主流となっていた。それにもかかわらず、当時最高の作家のひとりであったギヨーム・ド・マショーが『アレクサンドリア攻略』のために選んだスタイルは、一行八音節からなる詩形式だった。「アルス・ノヴァ」の大音楽家でもあったこの天才は、伝説と化した十字軍のテーマには、古いスタイル、古い調べがふさわしいと見抜いていたのだろう。

『エルサレムの歌』続篇の後期バージョンにより露骨な形で表現されているとはいえ、どちらのバージョンにも共通して指摘できるのは、聖地の回復とキリスト教諸国家の樹立という第一次十字軍の栄光が徐々に失われていく時代にあって、この悲惨な現実を武勲詩の世界で相殺しようという意図である。実行に移された場合も、あるいは企画だけがなされて実現にいたらなかった場合も、ことごとく失敗の歴史に堕していく十字軍が現実なら、十字軍系列は叙事詩の世界でその成功を夢見ていくことになるのである。その意味で、《白鳥の騎士》という異教出身の英雄のお伽話にブイヨン家の過去を求め、他方、改宗してキリスト教徒になった元イスラム教徒の活躍を語るお伽話に同家の未来を託したのがこの系列といえるだろう。

十字軍系列の武勲詩の発展を軸に、ヨーロッパの奥ぶかく、フランスの北方では、中東の現実とはかけ離れた十字軍のドラマが書き継がれていったことを見てきた。原動力となったのは、イスラムに対する敵愾心、そして、イスラムをふくむ東方世界に対する恐怖心と、未知の世界に読みとった驚異に対する憧憬…　いずれにしても、イスラム世界に対する強烈な関心と偏見、つまり、オリエンタリズムである。

ここで、中世ヨーロッパがイスラムに対して抱いていた複雑な感情を端的にしめす例を、さらにひとつ取りあげてみよう。十字軍にとって不倶戴天の敵たるサラディンが問題である。

偉大な異教徒サラディン

サラディン（一一三八―九三年）は、一二世紀のなかばまで分裂状態にあったイスラム世界を統合し、十字軍の侵攻以来、八八年ぶりにキリスト教勢力をシリア世界から駆逐した世界史的英雄である。軍事と政治、両面にわたる天才的な手腕によってキリスト教徒を震撼させただけではなく、武将としての器量の大きさによって、敵味方を問わず、同時代のひとびとに強い印象をあたえた。

この偉大なイスラム教徒について、フランスをはじめ、中世のヨーロッパは多くの伝説を生んだ。それらの伝説の源泉となったのは、サラディンの偉大さと寛大さを伝える史実であるが[*28]、ここでは、ヨーロッパ的な想像力の純粋な産物としてのサラディン像が対象である。[*29] 偉大な異教徒の実在がキリスト教世界にあたえた、ショックと戸惑いの産物である。

一般に、中世キリスト教徒のメンタリティーにおいて、「異教徒」の概念と「偉大さ」あるいは「尊敬」の概念とは相いれない。邪教を奉ずる非人間として、排撃の対象にするか、あるいは『アレキサンダー大王物語』に代表されるように、未知の世界の住人として驚異の対象にするかが、中世フランス文学の異教徒に対するおもな態度であることはすでに見たとおりである。

武勲詩の多くは、キリスト教世界とイスラム世界との対決を背景に、キリスト教の護教的精神の高揚を主旨とし、十字軍のプロパガンダ的な文学としての性格を強くもっている。したがって、ムスリムへの態度は、つねに「改宗か死か」である。ところが一方で、武勲詩のようなジャンルには、叙事詩的効果を高めるため手強い敵役が必要とされる。主人公の強さを引き立てるためには、敵方にもそれに匹敵する手強さをもった人物が必要になるというメカニズムである。「敵ながらあっぱれ」や「名将は名将を知る」の世界だ。そこで、武勇や叡智において、キリスト教徒に匹敵する異教徒が登場することになる。『ロランの歌』のイスラム軍の総大将バリガン以来、この種の異教戦士は多く登場する。そして、彼ら偉大な異教徒像の集大成ともいえるのがサラディンである。

しかし、尊敬や称賛の対象となる異教徒を認めることは、異教を否定する武勲詩の根本精神に抵触する危険につながることになる。それゆえ、フランス中世が純粋に伝説上のサラディンについて築き上げたイメージは、この矛盾を回避するための、いいかえれば、異教徒であるサラディンの偉大さを正当化するための、細工や工夫の結果ととらえることができるのである。

キリスト教世界への同化

サラディンが「イスラム教徒であるのに偉大」なことについてかんがえられたつじつま合わせの工夫は、ふた通りに大別することができる。第一は、サラディンをキリスト教世界に取り込もうとする工夫である。

ギヨーム・ド・ティールは、サラディンによる聖地陥落の一年まえに死去したが、彼の年代記のフランス語訳ならびに続編のなかに、サラディンに関するもっとも古い伝記を読むことができる。そこには、「ほかの誰よりも大きな財を有していたサラディンは、卑しい民の生れで奴隷の家系の出身だった」という一節が見いだされ、十字軍が艱難辛苦のすえ回復し、多大な犠牲を払って維持してきた聖地を奪い取った、憎んでもあまりある敵に対する悪意が、ほぼ同時代の証言として表明されている。たしかに、一三世紀以来、中世を通して文学的にも大きな影響力のあった年代記の記述であるが[*30]、サラディンの出自に関するかぎり、大きな影響をおよぼさなかった。

というのも、一三世紀後半の写本を最古として残る『ポンチュー伯の息女』には、サラディンに言及して、なんとキリスト教徒出自説を語っているからである。ポンチュー伯の息女がアンダルシアのイスラム教君主と結ばれて一女をもうけ、その女の子がバグダードのスルタンからやはり女子を授かったが、「彼女から雅なるサラディンの母親が生れたのである[*31]。」

また、前出の『白鳥の騎士とゴドフロア・ド・ブイヨン』で、ポンチュー家とは特定されていないものの、サラディンはフランスの名家の血を引くと書かれている。イスラム王女が占星術で読みとったことによれば、「あるたいへん身分の高い女性がフランスからやって来て、「あるスルタンに愛され結婚するでしょう。そして、ふたりから生まれた者は、キリスト教徒を恐懼させることになるでしょう。十字軍が征服したすべての国を、このイスラム教徒が奪回するからです[*32]。」

さらに、一四世紀、十字軍系列の武勲詩として最後期に成立した『ボードアン・ド・スブール』では、登場人物の一人である「ポンチュー家の奥方」にかんする未来が予告され、「バビロニア（訳注 カイロのこと）で、彼女はスルタンと結婚し、ふたりの子どもは、われわれのキリスト教を大いに衰えさせることになる。それこそ海を越えてやって来るサラディンなのである[*33]」というように、再びポンチュー家の血筋が明記されている。

一五世紀なかばに成立した『ジャン・ダヴェーヌ』と名づけられている長編物語には、『ポンチュー伯の息女』の改作と、こんにちでは湮滅したと推定されている、サラディンを主人公とする武勲詩を散文化した作品である『サラディン』とがおさめられており、ここにサラディンにかんして中世ヨーロッパが生み出してきた総括を見ることができる。そして、『ポンチュー伯の息女』と『サラディン』とが結合されて、ひとつの作品を構成することで、サラディンについてポンチュー伯家の出自説が、より強く権威づけられている。

このようしてサラディンは、彼自身はムスリムではあっても、出自においてキリスト教世界側、しかもフランスの上流階級に取りこまれることになったのである。この「つくり話」の意図は簡単明瞭だ。「あれほど偉大な人物がイスラム教徒であるはずがない、あってはいけない。そう、あれほど偉大であるからには、キリスト教徒、それも高貴な生まれのキリスト教徒であるはずだ、そうでなければならない」というわけだ。

第二次世界大戦直後の日本（関西地方）で、連合国軍最高司令官だったダグラス・マッカーサーについて、「マッカーサーの祖母は京都の公家の出だ」といううわさが流布したことがあったという。[*34] 鬼畜米英と教えられてきた国々に占領されたら、日本人はなにをされるかわからない、去勢され強姦される、とまことしやかに伝えれていたときとき、進駐軍がじっさいにもたらしたものは、食料と（自由）教育だった。「おかしい、そんなはずはない！」信じがたい事態をまえにして、自分を納得させるためにかんがえだしたのが、「敵の大将は、京都のやんごとなき血筋のかただから」という言い訳である。ここに、二〇世紀なかばの日本人のメンタリティーの後進性を見るか、時代や文化を超えた人間精神の偏狭さを見るかは、人それぞれだろう。

サラディンの死

武勲詩に偉大なイスラム戦士が頻繁に登場させられるのは、彼らに対する処方がパターン化されていることを意味する。いかに偉大さを強調した異教徒を活躍させても、彼らにふさわしい結末である死さえあたえれば武勲詩のプログラムに支障はない。むしろそれによって、いかに偉大であっても、「異教徒であるかぎり死が相当」という十字軍思想が鮮明に表明できることになる。

たとえば、『エルサレムの歌』のエルサレムのイスラム王子コルニュマラン。十字軍と能く戦い、敵側である十字軍からさえ尊敬された彼であっても、[*35]結局は戦場で討たれて終わる。彼に対する尊敬がどれほど大きかったかは、この作品が十字軍士たちによるコルニュマランの追悼シーンで幕を閉じることでもわかる。コルニュマランの遺体から心臓が取り出され、その大きさに皆、感嘆する。人間の大きさは心臓の大きさにあらわれると思われていたからである。さらに、この場面において、作者がつぎの行の前半句にしめした配慮というのは、偉大なる異教徒について下した結論として象徴的である。「十字軍の諸侯は、コルニュマランの亡骸を豪華な絹でつつみ、そして、「エルサレムの外に埋葬させた。[*36]」

つまり、キリスト教戦士たちから異例の称賛を受けるほど、勇敢でいくさに長け、かつ叡知に恵まれていようと、コルニュマランは神の恩寵の埒外にある。いかなる徳も（キリスト教の）信仰がないかぎり虚しいという、十字軍精神の端的な表現が「エルサレムの外に」に込められているのである。

おなじメンタリティーを、ダンテ『神曲』（一三〇六―二一年）にも見ることができる。サラディンは、古代の聖人や英雄たちとともに――しかも当時における近代人としては彼だけ――「辺獄（リンボ）」に置かれている。ここには、洗礼を受けなかった幼児や、キリスト降誕以前に死んだ善人が住んでおり、それこそホメロスやオウィディウスといった偉大な詩人たちや、カエサルをはじめとする武人、プラトンやアリストテレスらの哲学者の名前が挙げられている。その中でダンテは、「皆から離れてひとりきりのサラディンも見えた」[*37]と語る。『神曲』に登場させたこと自体、当時のヨーロッパにおけるサラディンの威光の大きさをしめすものであるが、そのうえでダンテは、「ひとりで、離れて」といっているのである。

ところがフランス文学は、サラディンの終幕にかんして異なった解決法を工夫した。出自についての捏造と同様、キリスト教側にとって都合のいい荒唐無稽なつくり話に走るのである。

今回は祖先でなく、サラディン自身をキリスト教徒にしてしまう。この偉大なイスラム教徒は、じつは死に際して（キリスト教の）洗礼を受けていたのだ、という伝説である。

異教徒の改宗は、武勲詩において重要でかつ頻出するテーマである。戦場において敗れたイスラム教徒が、いくさに御利益のない神を棄てて宗旨がえするというモチーフは、彼らの現世主義の一端である「宗教的プラグマティズム」[*38]を意図している。しかし、サラディンの棄教の動機は、イスラム教の無力ゆえではない。

一三世紀、ランス（パリとブイヨンを結ぶ線のすこし東寄りの町）の無名メネストレル（吟遊詩人の一種）による物語集『ランスのメネストレルの物語』には、サラディンにかんする小話が多数おさめられている。大部分は、イスラム教徒の捕虜が語った話を収録したという体裁をとっている。それによれば、サラディンは死期が近いのを感じると、銀の盥に水を持ってこさせ、右手で四箇所に触れ、まわりに聞かれないように、「ここからここまでの距離は、ここからここまでの距離とおなじである」とつぶやきながら十字を切った。そして、「顔と体に水を注ぎ、私たちには聞こえませんでしたが、口のなかでフランス語の三つの言葉をおっしゃいました。わたしの見たところでは、サラディン様は洗礼を受けたようです。」[*39] つまり、ランスのメネストレルは、サラディンが生涯の最後にみずから望んで改宗したらしい、と伝えているのである。

このエピソードは、ほぼそのまま引き写される形で、先に紹介した『サラディン』に語られることになる。しかし、一五世紀なかばの作者は、サラディンが、武勲詩の「宗教的プラグマティズム」という消去法で棄教したのでなく、より積極的な動機からキリスト教を選んだ印象を強くするため、つぎに見るように、この洗礼のエピソードを、サラディンについて発展した別のエピソードと結合した。

戦場で深手を負って本拠地カイロに帰還したサラディンは、ユダヤ教、キリスト教、イスラム教それぞれの最高の賢者を召集し、「おのおのの教えについて長時間、討論させた。そして、それをじゅうぶんに聞き終わると、大きな銀盥とその中にきれいな水を持ってこさせた。」これにつづいて、ランスのメネストレルにならって洗礼の模様が描かれたのち、「こうして、サラディンは大いに後悔しつつ生涯を終えた。このことから推測するに、三人の賢者の議論から判断し、最期に主なるイエス・キリストの教えに改宗したのである」[*40]と、結ばれている。すなわちキリスト教の選択は、叡知においても偉大なサラディンが、最高の賢者たちの討論のすえ下した結論ということになっているのである。

三宗教を三つの指輪に譬え、そのいずれが「真物」かを問う、「三つの指輪」の物語は、その裁定者をサラディンに見立て、中世ヨーロッパに流行する。最終的には、一七世紀ドイツ啓蒙主義のレッシング『賢者ナータン』（一七七九年）の一挿話として結実することになるが、それは本書の枠を超える話だ。

以上のように、中世フランス文学はサラディンの出世と死についてキリスト教の刻印を押した。これらはともに、サラディンという英雄を異教の英雄として認めず、それほどの偉大さには、なんらかの形でキリスト教が関与しているにちがいないというメンタリティーがはたらいているとかんがえられる。異文化、とりわけ敵対する異文化に対する身勝手な解釈が生んだこの種の伝説は、中世フランス文化にかぎられたものではなかろう。それが二世紀、あるいはそれ以上にわたって語り継がれ、文学作品に表現されつづけるというのは特異な現象とみなしていいだろう。

アンチ・キリストあるいは「神の鉄槌」としてのサラディン

偉大なサラディンに対する第二の対処法は、サラディンを、（キリスト教の）神がキリスト教世界の腐敗堕落に対して下した鉄槌として利用するものである。

そもそもイスラム教あるいはマホメットを、神によって遣わされたアンチ・キリストに見立てる黙示論的な解釈は、九世紀以来ヨーロッパに存在しており、サラディンが登場して聖地からキリスト教徒を駆逐したとき、アンチ・キリストの出現として考えられたのも不思議ではない。

イスラム教徒が宗教にかんしてキリスト教徒を論難するというモチーフそのものは、武勲詩に伝統的なものである。多くの場合それは、改宗を提案されたり、あついは迫られたムスリム戦士が、それを拒否する理由として、キリスト教の玄儀の非論理性や、キリスト教の教えとキリスト教徒の実際の行いの不一致をあげつらう形で展開される。その源泉は、一二世紀なかば以前に成立した『偽チュルパン年代記』と呼ばれている架空の年代記にあると推定されている。

ラテン語による原典とそのフランス語訳、ともに中世を通じてたいへん流布したこの作品では、シャルルマーニュとイスラムの大将アゴランのあいだと、ロランと好敵手フェルナギュのあいだでのふたつの論争、というよりイスラム教徒側からキリスト教の代表戦士に対する批判がなされている。ふたつ目の場合では、三位一体、処女懐胎、イエスの復活といったキリスト教の玄儀にかんして論争されているが、[*41] ここでは、ひとつ目でなされた批判が注目にあたいする。

アゴランは、改宗を決心してシャルルマーニュのもとに赴いたさい、用意されていた食卓において、

「神の使者」と紹介された貧者の扱いがひどいことに憤慨していう。「なぜ彼らは飢えているのですか、惨めな身なりをしてるのですか、貴殿から遠いところに置かれているのですか、ひどい扱いをされているのですか。神の使者をこのようにむごくもてなす者は、神にまっとうに仕えているとはいえません。(…)貴殿が良いといわれた掟がにせものであることを、いまや貴殿がしめしているのです。」[*42]

最大の貧者キリストの「まねび」を体現している貧者こそ、キリストにもっとも近い者である、と教会は説く。しかし、現実はまったくそれを反映していなかった。とりわけ高位聖職者の傲岸と破廉恥に対する憤慨は、同じモチーフによって武勲詩の世界でもたびたび展開される。そのさい、十字軍をテーマとする武勲詩群は、これを他のモチーフと結びつけて、まさに異教の英雄が主人公として登場するに恰好のテーマを構成することになる。

たとえば、『エルサレムの歌』の前史を語る目的で、一三世紀後半に成立した『ゴドフロアの幼年時代』後半部の主人公は、後年エルサレムで十字軍と対決するコルニュマランである。ゴドフロア・ド・ブイヨンによる聖地奪回を予言によって聞かされたコルニュマランは、巡礼に変装し、供をひとりだけ従え、ブイヨンを目指してスパイ旅行に旅立つ。この作品では、その途上コルニュマランが、つぎに見る、一種の「ペルシャ人の手紙」式の文明観察の萌芽を見せている。簡単にではあるが、キリスト教世界における貧富の差の大きさを揶揄する台詞が挿入されており[*43]、

先に引用した『白鳥の騎士とゴドフワ・ド・ブイヨン』は、この『ゴドフロアの幼年時代』も改作している。そこでは大規模な加筆がなされており、そのひとつがコルニュマランによるキリスト教批

判の発展である。彼はゴドフロア・ド・ブイヨンに改宗を勧められるが、以下三点を列挙してこれを拒む（四八二五―四七行）。まず、カトリック聖職者の女性信者に対するふしだらな振る舞い、つぎに、犬という不浄な獣に接吻したその口で神聖な聖体を拝受している不敬、「そしてまた、犬にあたえるはずの食卓の残り物を、貴殿らは貧しい人々にあたえている」[*44]といって、キリスト教社会の矛盾を突いている。[*45]

このテーマは、サラディンを主人公として継承された。サラディンほどこの役を演じるのにふさわしい人物はいない。キリスト教聖職者の堕落に対して、神がしめされた怒りの表現として、ムスリムによるキリスト教批判がなされ、そして、そのいわば切り札としてサラディンが利用されるのである。一五世紀の『サラディン』では、サラディンによるキリスト教批判が、より一貫した意図をもって用意されている。

ここでサラディンは、信頼するふたりのキリスト教徒をともなってヨーロッパを旅するのであるが、その目的は、コルニュマランの場合のように十字軍の準備状況を視察するためではない。パリのフランス王の宮廷に行って様子を見ようという動機は、彼自身の言葉によれば、「もしも、キリスト教の教えがマホメットの教えよりすぐれていると判断したら、イスラム教を棄ててキリスト教を選んで、私が安心できるように」[*46]とのことである。つまり、彼の旅は宗教的な目的を持つことになり、そのぶん、これにつづくキリスト教に対する批判が痛烈さを帯びることになる。

ローマにやって来たサラディンは、信者の懺悔と教皇による免罪について、供のキリスト教徒から説明を受けると、「貴殿が、わしとおなじ人間を崇拝し、かつまたその者が、他者の非を赦すことができるなどとかんがえているなら、無知もはなはだしいというものだ[*47]」と言い放つ。カトリックの権威の完全な否定である。

そして、パリにやって来たサラディンは、武勲詩にくり返し取りあげられる批判を、このうえなく明確な形をもって提示することになる。フランス王妃に王家の晩餐会に招かれサラディン一行は、そこに貧者たちが居合わせているのを見て、そのわけをたずねる。供のひとりが、彼らはイエス・キリストの使者であり、貧しさのなかに生きた使徒たちを忘れないように、恭謙のしるしとして貧者たちをもてなす習慣なのだと説明する。このキリスト教社会の建て前に対して、サラディンはつぎのようにいう。

「では、いったい彼らをいかなる食事でもてなしているのか。従僕たちが残したもの以外なにも運ばれていないではないか。貴殿の述べたことには、なんの価値もないとわしには思える。そして、財産や日々の糧が神から下されたものであるといっておきながら、従者たちや貧者たちには、残り物しかあたえない貴殿らには、信仰などあろうはずがないのだ。[*48]」

このようにして、カトリック社会における最大の徳目とされる慈善《シャリテ（英チャリティー）》という名の偽善を告発するのである。

以上に取りあげたサラディン伝説は、キリスト教徒が、イスラムの英雄の偉大さを認めざるをえない仕儀に立ち至ったとき、キリスト教側に同化せしめることによって、あるいは、キリスト教世界の欺瞞を攻撃するエピソードの主人公に仕立てることによって、その存在を正当化しようとした試みの結果といえる。中世キリスト教世界の、異文化理解（あるいは無理解）のひとつの典型とみなすことができるだろう。

第三章 ―― 失われた挿絵を求めて

1　『薔薇物語』とは？

『薔薇物語』の写本

『薔薇物語』は、中世フランス最大のベストセラーだ。くり返しになるが、中世における「ベストセラー」というのは、残存写本が圧倒的に多く、その数十倍、あるいはもっと多くの写本が制作されていたと推定されることを意味する。
この作品は、わたしたちにとって、これまで取りあげてきた十字軍系列の武勲詩や、ギヨーム・ド・ティールの『海外史』ならびにそのフランス語訳『ヘラクレイオス帝史』とちがう価値をもっている。全編を日本語で読むことができるのである。

篠田勝英訳（平凡社から一九九六年に刊行。二〇〇七年に「ちくま文庫」として再刊）[*1]は、二〇世紀後半を代表する中世フランス文学者フェリクス・ルコワの校訂本の完訳であるばかりでなく、中世フランス文学になじみのない読者、そしてそれだけでなく、研究者にとっても欠かせない注を豊富に提供してくれている。ギリシャ・ローマ文学を中心に、厖大な量の先行作品下敷きにしていること、言及されている歴史的事件や風俗の多くが、日本人には――現代フランス人にとってもおなじことだが――ほとんど聞いたことのないものであること、『薔薇物語』の内部における、前出・後出の照応を把握しないと、じゅうぶんに理解できない箇所がすくなくないこと、などをかんがえると、この注は、わたしたちがこの作品に近づくために必須の道案内といえるだろう。こんにち（二〇一六年一〇月現在）、絶版であることが残念でならない。なお、本章での『薔薇物語』からの引用は、すべて篠田訳からのものである。

「はじめに」で書いたように、わたしは篠田先生の紹介で、専修大学が購入した『薔薇物語』二写本について研究する機会を得た。ひとつ（専修大学第二番）は一四世紀の羊皮紙によるもので断片集。もうひとつ（専修大学第三番）は一五世紀の写本で、紙製、完本である。写本の研究において、もっとも重視され、研究者じしん、もっともわくわくドキドキしながら研究することは、その写本独自の異本があるかないか、そして、あるとすれば、それがどの程度貴重なものかを調べることだろう。まだじゅうぶんに研究したとはいえないが、すくなくとも羊皮紙製の第二番写本には、さほど重要と思えるような異本は見あたらなかった。これから勉強するつもりでいる紙の第三番のほうには、興味ぶかい異本が見いだせそうである。

この章では、わたしが専修第二番写本を解読するために調べたことを書きつらねてみたい。第一章と同様、写本にまつわる話が多くなる。ただし、ここでは、写本の挿絵に注目したいと思う。

「ミニアチュール miniature」は、細密画、彩飾画と訳されることがあるが、ここに扱うのは、美術のジャンルとしての細密画でも、写本の余白を埋めるような純粋な彩飾画でもなく、写本の文字テキストの合間に、文字どおり「挿まれる絵」のことである。

『薔薇物語』は挿絵をふくむ写本が多いことでも有名だ。二〇〇を超す挿絵が描かれている写本もある。「はじめに」で紹介した「薔薇物語デジタルライブラリー」が充実しているのも、たんに残存写本数が多いというだけでなく、むしろ、挿絵の多さがそのような研究の場を成立させているのだといえるだろう。

じつは、専修第二写本には、挿絵がまったくない。しかしながら、もともとは挿絵があったらしい。いま皆無、というだけである。ただし、なくなった挿絵という物証が見つかっているわけではないので、あくまでも傍証を紹介することしかできない。この写本のどこに、どのような挿絵が存在していたのだろうか…　その可能性をさぐってみたい。とはいえ、専修写本に存在したかもしれない挿絵の話だけをしようというのではない。題名から受ける華奢な雰囲気とは裏腹に、堂々たる山のような作品である。それをもっと愉しむために、いくつかの登り口を自分なりにうろついてみたい。

ギヨーム・ド・ロリスとジャン・ド・マン

『薔薇物語』というタイトルは、原題「薔薇の物語 Roman de la Rose」の直訳である。この原題は、作中で作者がみずから打ち出した題名であって、中世フランスの文学作品としてめずらしい例だ。現在、中世文学のタイトルとされているものの大部分は、一九世紀にこの分野の研究が本格化していくなかで、研究者たちがいわば研究の便宜を考慮してつけたものだからである。そして、「物語 roman」とはいうものの、波乱万丈のエピソードが展開されていくという意味での物語を指しているわけではない。それは、近現代になってから付与された意味だ。ここにいうロマンとは、ロマンス語、つまりラテン語から派生して成立していった俗語（あるいは民衆語）で書かれたもの、という意味である。もちろん、（中世の）フランス語もそのひとつである。

『薔薇物語』は前篇と後篇に分かれる。一二三〇年頃、ギヨーム・ド・ロリスが約四〇〇〇行を書き、おそらく完成にいたらずして亡くなった。そして、中断していた作品を、約四〇年後にジャン・ド・マンが約一七〇〇〇行を書き継いで完成させた。以上が定説である。ただし、「おそらく」と書いたように、ギヨーム・ド・ロリスという作者については、ほとんどなにもわからない。「『薔薇物語』の前篇の作者」として知られているというのが実際だ。前篇と後篇というのは見せかけで、じつはジャン・ド・マンがひとりですべてを書いたのだとかんがえる研究者もいるほどだ。四〇年のブランクを置いて完成されたとする「作者ふたり説」と、ギヨーム・ド・ロリスなる作者によって四〇年まえに途中まで書かれていたものを、ジャン・ド・マンが完成させたかのように装っているとする「作者ひとり説」。これはこれでスリリングな学説の競い合いだ。

ギヨーム・ド・ロリスとジャン・ド・マン。ここで、ふたりの姓に注目してみよう。フランス語のド de という前置詞は、人名につかわれると「清水の次郎長」における「の」のように、「出身地」をしめすことがある。したがって、ド・ロリスは「ロリス出身の」、ド・マンは「マン出身の」を意味する。ロリスも、マン（今日での呼称は「マン＝シュル＝ロワール」で、ロワール河畔の町）も、ジャンヌ・ダルクの生地として有名なオルレアン近郊の町である。つまり、四〇年の時間差があるものの、前篇と後篇の作者ふたりは、同郷人ということになる。おなじ地方の出身ということは、ふたりはおなじ言語（方言）を使用していたということである。

とはいうものの、じっさいに作品を伝えているのは写本であり、そこに写されているテキストである。つまり、わたしたちが『薔薇物語』の言語的特徴とよぶものは、あくまでも各写字生のことばについていえることであり、厳密な意味で「ギヨーム・ド・ロリスの言語」や「ジャン・ド・マンの言語」を対象にしているのではないことは、留意しておかねばなるまい。

『薔薇物語』は、主人公であり語り手である「わたし」が、五年まえに見た夢について語る形をとっている。そして、その夢の内容とは、「わたしが一輪のバラのつぼみに恋し、この恋を、反対勢力によって邪魔されながらも、味方の助けを得ることによって、成就させるまでの物語」であると、ひとことでまとめられてしまうほど単純なものだ。それが二〇〇〇〇行を超える長さとなったのは、ひとえに、入れ替わり立ち代り登場する人物たちが、それぞれ一〇〇〇行単位の長広舌をふるうからにほかならない。

演説を主たる任務とする登場人物たちであるが、〈理性〉や〈嫉妬〉、〈自然〉など、その多くがなんらかの抽象概念を擬人化したものとなっている。そのような人物たちが発言し、行動する。『薔薇物語』がアレゴリー文学に分類されるゆえんである。もっとも、登場人物のなかには、〈老婆〉や〈友〉という、一見したところ生身の人間も見られる。しかしながら、このふたりにしても、「老婆というもの」、「友というもの」の役目を演じていると考えるべき人物なのである。

さて、前篇と後篇とで作者が交替しているにもかかわらず、『薔薇物語』が単純で直線的な、すなわち一貫した筋立てを実現できており、あたかもひとりの作者によって書かれているかのように思われるのは、ジャン・ド・マンによる後篇の導入がきわめて巧みであり、さらにその後の物語を展開させるにあたり、前篇の話の流れと登場人物とを活かしきれているからだ。この点においてだけでも、ジャン・ド・マンの文才はあきらかである。

ギヨーム・ド・ロリスについては、先ほど述べたように、「『薔薇物語』前篇の作者」といわれることで紹介が尽きてしまう。そしてそれさえも、ほかならぬ後篇作者のジャン・ド・マンが前篇について、「ギヨーム・ド・ロリス先生がお書きになった」と記していることが唯一の証拠なのである。それに対して、ジャン・ド・マンについては多くのことがわかっている。パリのサン・ジャック街に住んでいたことがあり、現在その一二八番地の壁の一角には、「ジャン・ド・マン（一二七〇—一三〇五年）が『薔薇物語』を書いた家がここにあった」という標識がかかげられている（ただし、正確な生年については不明）。

ジャンには『薔薇物語』以外にも著作がある。まず、ボエティウスの『哲学の慰め』のフランス語訳である。ボエティウスによるラテン語原典は、中世においてもっとも多くの（ラテン語）写本がつくられたもののひとつとして知られている。そして、ジャンによるフランス語訳は、二六の写本が残っている。

おなじくラテン語からのフランス語訳として、『ピエール・アベラール師と妻エロイーズの往復書簡集』が、ひとつの写本だけに伝わっている。一二世紀前半におけるヨーロッパ最高の哲学者であったアベラールは、弟子の才媛エロイーズと恋仲になり、エロイーズの親族に強襲されて去勢される。このスキャンダルのあと、別々の修道院に入った二人が交した手紙をまとめたものがこの書簡集である。[*2]

さらに、「平和を欲する者は、戦争にそなえなるべきである」というマキャヴェリズム的戦争哲学で有名な、ローマの軍事学者ウェゲティウスの『軍事論』をフランス語に訳している。この翻訳は、じつに二四〇もの写本によって伝わっており、いかに広く読まれたかがうかがえる。これらのほかにも、その後に失われてしまった作品がすくなくともふたつあったらしいが、いずれもラテン語による原作をジャンがフランス語に訳したものと推定されている。

このように、ラテン語による重要な著作をフランス語に訳し、同時代の最先端の知識を一巻にまとめあげたジャン・ド・マンは、一三世紀後半のフランスにおける最高の知識人のひとりであり、来たるべきフランス・ルネッサンスの人文主義（ユマニスム）の嚆矢ともいうべき存在である。ジャンによる『薔薇物語』後篇の特徴である「百科全書」的性格も、この人物の手になる作品ならではのことである。登場人物たちが延々と述べる演説には、一三世紀後半の時点における学問的知の情報が網羅的に紹介されている。たんに神話や伝説、歴史、文学、神学など、こんにちでいう人文系の知識だけでなく、天文学や化学などの自然科学や錬金術についての知識が展示されている。もっとも、この傾向は、ひとりジャン・ド・マンによって代表されるものではなく、ドミニコ会士であるヴァンサン・

ド・ボーヴェ（一一九〇頃―一二六四年）が執筆した『大いなる鏡』三部作を頂点とする、一三世紀フランス文学・思想の大きな流れのなかでとらえるべきものである。

「愛の技法書」

ギヨーム・ド・ロリスによる『前篇』は、「夢で見るのは絵空事や嘘偽りばかりと言う人がいる。けれども偽りどころか、あとになって真実とわかる、そんな夢を見ることがある」（一二ページ。前述したとおり、『薔薇物語』の日本語訳引用は、すべて篠田勝英訳）という、いわゆる正夢への言及からはじまる。わたしたちにとっての「祇園精舎の鐘の声、諸行無常の響きあり」のような、国民的古典の書き出しとして有名なパッセージだ。

主人公は、「わたし」。この作品は、フランス文学史上、おそらくもっとも古く一人称で語られる物語である。この「わたし」が、五年以上まえ、二〇歳のときに見た夢のことを語るというのが、前篇の枠組みだ。そして、その夢の話をはじめるにあたり、主人公は物語のタイトルと内容を高らかに宣言するのである。

「もし誰かにわたしの取りかかる物語の名を尋ねられたら、『薔薇物語』と答えよう。そこには「愛の技法」がすっかり収められている」（一四ページ）と。

夢のなかの季節は五月。主人公は甘美な陽気にさそわれ、館《やかた》を出て草原を散歩する。すると、壁で囲まれた庭園に行きあたる。それは〈悦楽〉という人物の所有になるものだ。そして、外壁には一〇人の人物の肖像画が描かれている。〈憎悪〉、〈悪意〉、〈下賤〉、〈貪婪〉、〈強欲〉、〈羨望〉、〈悲哀〉、〈老い〉、〈偽信心〉、〈貧困〉である。「わたし」は、〈悦楽〉から締め出された概念の擬人化である、これらの人物たちについて、詳細な描写をしてみせる。壁に沿って歩いていくと、小さな扉があり、中から金髪の美少女によって〈悦楽〉の園、つまり、愛のおこなわれる庭園に招き入れられる。美少女の名前は、〈閑暇〉という。つまり、愛は、暇な人間だけにしか許されないのだ。あくせく働く者には、愛に身をゆだねる資格がない。

なかに入ると、外壁に描かれていた一〇人に対応するかのように、おなじ人数の人物が輪舞を踊っている。こんどは、愛をつかさどる人物、愛を許される人物たちだ。庭園の持ち主である〈悦楽〉をはじめ、〈礼節〉、〈歓喜〉、〈優しい姿〉、〈美〉、〈富〉、〈気前よさ〉、〈気高さ〉、〈若さ〉、そして、踊りの中心にいるのが〈愛の神〉である。

〈愛の神〉、すなわち「アモル」は、別名クピド（英語読みで「キューピッド」）、ギリシャ神話における「エロス」であり、愛と性を統べる神だ。弓と矢をたずさえている。ヨーロッパ絵画でおなじみのアトリビュートである。アモルの矢で射抜かれた者は、そのとき目にしている対象に恋してしまうとされる。射られた矢は、ひとの目に突き刺さり、そのまま心臓に達する…　むかしのひとびとは、このようにして「ひと目ぼれ」の不思議について、彼らなりに論理的な説明をしたのだ。だから、胸が痛くなる、食事ものどが通らない、眠れない、病気になる、と。

「わたし」は、園内をそぞろ歩く。悦楽の園の名にふさわしく、なにもかもが甘美である。一三種のめずらしい小鳥たちのさえずりは、恍惚となるメロディーを奏で、ウイキョウとミントのあまい香りが充満し、東方の香料、月桂樹、松、オリーヴなど、目にもあたたかな植物が生い茂り、さらに、あざやかな赤、白、黄の花々の色と、鹿やリスたちの動きが目にここちよい。ここには、愛の行為と同様、視覚、嗅覚、聴覚をよろこばせる要素がそろっている。

とある一角で、水をたたえた泉に行きつく。〈愛の泉〉だ。「ここにて美しきナルシス死せり」と刻まれた碑が添えられている。ギヨーム・ド・ロリスは、ギリシャ神話に名高いナルシスの伝説を語る。これについては、後述する。泉をのぞき込むと、二顆の水晶が沈んでおり、庭園がそこに映し出されている。語り手が、「これは危険な鏡である」と注意を喚起する。

水晶は、庭園ぜんたいのパノラマを映し、ついで各部分へと移動していく。そして、薔薇の茂みで止まり、ズームアップ。「わたし」は、数多くの薔薇の「蕾のなかからわたしはとても美しいものをひとつ選んだ。」（八三ページ。傍点著者）その時だ。〈愛の神〉の放った矢が、「わたし」の目に命中する。この神は、「わたし」のあとを尾行していたのである。こうして、主人公は薔薇の蕾への恋に落ち、〈愛の神〉に対して臣従の誓いをする。愛のしもべとなったのだ。この関係は、封建制の主従関係のひきうつしであり、〈愛の神〉は封土のかわりに、「愛の掟」一〇箇条をあたえる。要約してみよう。

一、下賤を排除せよ。

二、他人の悪口を言うな。

三、礼節を重んじよ。
四、適正な、つまり、賤しくない言葉遣いを心がけよ。
五、女性に尽くせ。
六、高慢を戒めよ。
七、優雅な立居振る舞いとおしゃれを実践せよ。
八、快活であれ。そして、他者に秀でていることについては、ぜひとも自分を目立たせよ。
九、気前よくあれ。けちけちするな。
十、日夜、ひとりの女性への愛に専念せよ。

〈愛の神〉が姿を消し、主人公はひとり残される。もはや、蕾への愛のことしかかんがえられず、薔薇の木々のもとへとやってくる。彼の蕾は、垣根の向こうだ。

前篇と後篇の連結

垣根を越えようか、どうしようかと逡巡している彼のまえに、〈礼節〉の子、〈歓待〉が登場する。この人物がいてこそ、彼は蕾に手を触れ、摘み取ることができるのだ。愛する者を手に入れるには、〈歓待〉という仲立ちが必要ということである。

しかし、その様子を隠れて観察していた〈拒絶〉があらわれる。まこと醜いこの野蛮人によって、〈歓待〉は追いはらわれてしまう。「わたし」は、途方に暮れる。

ここで、〈理性〉がやってくる。そして、主人公に対して、愛をあきらめなさいと説得をはじめるのである。なぜ、〈理性〉が愛を阻もうとするか不審に思えるかもしれないが、彼女の「反恋愛」の理由は、単純明快である。「愛とは狂気である」から。〈理性〉の発言としてうなずけるものだろう。

納得しきれない〈わたし〉は、〈友〉をおとずれる。先に述べたように、この登場人物は、具体的な名前や肉体をもった生身の人間ではなく、「友というもの」という、抽象度の高い存在とかんがえるべきである。〈友〉は、〈拒絶〉を篭絡することを助言し、それを実行した結果、「わたし」は蕾をながめることにかぎり、ゆるされることになる。さらに、〈愛の神〉の母である〈ウェヌス〉（英語では「ヴィーナス」）が登場し、主人公はとうとう蕾にキスをするにいたる。

しかし、それもつかの間、この事態を知った〈中傷〉が〈嫉妬〉にご注進におよぶと、反・愛の勢力の頭領である〈嫉妬〉は激怒する。そして、国中から名だたる石工を呼び集め、城を建設させ、中央にそびえる塔に、愛の成就には欠かせない〈歓待〉をしてしまう。

このようにして〈嫉妬〉により〈歓待〉から引き離されてしまった〈わたし〉は、わが身の不運を嘆き、〈運命〉について語る。ひとの〈運命〉は、その女神が回転させる輪によって支配され、順境と逆境が交互におとずれるという、ヨーロッパ中世にひろく知られていた「運命論」だ。〈わたし〉は、〈嫉妬〉勢の手に落ちた〈歓待〉がたぶらかしにあい、自分のことを忘れてしまうのではないかと恐れる。そして、「そう思うと心が痛み、悲しくなる。もし君の好意を失ったら、わたしにはもう慰めてくれるものがない。他には信頼を寄せられるところがないのだから」（一七七ページ）という悲痛な嘆きによって前篇は幕を閉じ、後篇が、以下のように幕を開ける。

「おそらくわたしは君の好意を失ってしまったのだろう。ほとんど絶望してしまいそうだ。絶望、ああ、しかし絶望してはならない。(中略)〈拒絶〉〈羞恥〉〈小心〉はわたしをさんざん苦しめた。〈嫉妬〉と〈中傷〉も同様だ。(中略)彼らは、わたしが思いのすべてをかけた〈歓待〉を牢に閉じ込めている。ふたたび彼に会えなければ、もう長く生きられないのがわたしにはわかっている。そして他の何にもましてわたしに死ぬ思いをさせるのは、臭くて皺だらけの醜悪な老婆だ。彼女がすぐそばで見張っているから、〈歓待〉は誰にも目を向けられもしないのだ。」(一八〇ページ)

このようにして、〈わたし〉が悲痛な思いを独白の形で披瀝してみせたところへ、やって来た人物がいる。前篇の後半で登場した〈理性〉である。塔から降りてきた彼女は、約三〇〇〇行にわたる演説を披露する。その話題はまことに多岐にわたるのだが、ひとことにすれば人間の〈運命〉についての演説といえる。〈運命〉については、前篇の最後で、主人公じしんが二〇行程度であったとはいえ、言及していたことを見たばかりである。

以上のことからいえることは、前篇の終わりのテキストと後篇のはじめのテキストのつながりにまったく破綻がなく、後篇の冒頭が前篇の後半部の展開を完全に把握しており(〈歓待〉の境遇、老婆の登場、〈理性〉の介入)、そして、「運命論」が連結の前後で共通のテーマとなり、前篇の該当箇所が後篇の幕開けをいわば予告する形になっていることである。つまり、四〇年の歳月を経て、作者が交代しているにもかかわらず、この前篇と後篇はみごとに一体になっている。あたかも一人の作者が書いたように。

この部分を写本で見てみると、多くの写字生が赤字でジャン・ド・マンの担当部分がはじまる断り書きを挿入している。そして、写本によっては、断り書きだけでなく、ここにジャン・ド・マンとおぼしき人物が執筆している様子を描いている挿絵を挿入している。ただし、なかには作者の交代をいっさい告げない写本も存在する。最古の写本として知られるパリ、フランス国立図書館所蔵フランス語写本一五七三番がそうだ。ここでは、あたかも作者が代わっていることなどなかったかのようにテキストが進行している。このことと、内容的な一体感とを根拠に、『薔薇物語』はふたりの作者ではなく、ひとりの作者によって書かれたという説をとなえる学者がいることは、すでに述べたとおりである。

〈理性〉による説得を描写する挿絵

後篇の物語にもどろう。

再登場した〈理性〉は、今回、三〇〇〇行を超える行数をついやして長広舌をふるう。

前述したように、前篇で〈理性〉は、「愛とは狂気である」と断言して主人公に恋愛をあきらめるよう説いた。たしかに、彼女によるこの恋愛観は恋愛に対して否定的だが、恋愛を過小評価しているわけではない。むしろ、恋愛が人にあたえる危険な効果をじゅうぶんに評価し、だからこその危険を回避しなさいと教えているように思われる。

他方、後篇において〈理性〉が主人公に聞かせる恋愛の定義は、恋愛じたいになんら価値を置いていないことをしめしている。彼女によれば、恋愛とは、この世の生きとし生けるものの創造主たる〈自然〉が、惹かれあった人間の男女に処方する、いわば性交促進剤である。つまり、ここで〈理性〉は、恋愛が人間という種の維持にとって不可欠な性交をうながすという、身も蓋もない恋愛論を披露している。前篇と後篇、両方において、おなじ登場人物によって対照的な恋愛観が提示されていることになる。

ところで、内容におけるこのような対照性は、挿絵に反映されうるものだろうか。前篇、後篇の両方で〈理性〉を挿絵に描いている写本は少ない。しかし、挿絵の収録点数の多い写本のなかには、どちらの場面にも挿絵に彼女を登場させているものがある。たとえば、パリのアルスナル図書館所蔵写本三三三八番（以下、写本の詳細については、たびたび紹介している「『薔薇物語』デジタルライブラリー」を参照）がそうだ。とはいえ、二二葉目の表と三〇葉目の裏に描かれた二点の挿絵は、〈理性〉と主人公の表情、身ぶり、服装はもとより、絵の構図もすべてがほぼおなじだ。あえて言えば、〈理性〉の背後に描かれている複数の塔の描写と、モザイク模様をほどこされている背景が多少ともちがうくらいだろう。

しかしながら、パリ、フランス国立図書館所蔵フランス語写本三八〇番においては、かなり事情がちがう。

まず、前篇（二一葉の裏）、後篇（二九葉の裏）、ともに紙面の左下端がL字型に使われ、左列の角に、理性の塔がテキスト一八行分の高さでそびえ立ち、塔を出たところに理性、その右脇に主人公が立っている。構図的にはまったくおなじで、たくみな紙面の使い方である。

壁がピンクで屋根は赤という塔の彩色についても、両方の挿絵はおなじである。また、二一葉裏では、挿絵の直前に「恋人を諭すために〈理性〉が塔から降りてきた次第」と読める赤字の断り書きが置かれ、二九葉裏には、「〈理性〉が恋人に教えをさずける次第」と書かれているが、この文言に、それにつづく内容を反映しているといえるほどの差異はない。また、前篇では、〈理性〉は赤の内衣に青の外掛け、主人公はうぐいす色の上着を身にまとい、右脚が赤で左脚が白というタイツを履いているが、後篇では、〈理性〉はピンクのドレス、主人公はタイツこそ変わらないものの、上着は鮮やかな濃い目の青色に衣装がえしている。さらに背景は、前篇の場合、赤字に金色の百合の紋章が一面に敷きつめられ、後篇では、金、青、赤の格子状の文様になっている。このあたりには、前篇と後篇のほぼ同一場面といえる箇所で、両者に区別をつけようとする挿絵画家の意図を読み取ることができるだろう。

ただし、ふたつの挿絵において、あきらかな差異を認めることのできる要素がある。登場人物のしぐさである。二一葉裏では、〈理性〉は詰問するかのように右手の人差し指を主人公に向かってのばし、主人公は胸のしたで両腕を組んで相手のことばに聞きいる様子を見てせいる。他方、二九葉裏は、両手を両腰に添え、口をいわば「へ」の字に結んで相手の話を聞いている〈理性〉と、右手を右胸に、そして左手を左腰に当て、まっすぐに〈理性〉を見つめつつ、あきらかに口を開いて発言している主人公を描いている。前篇では、「愛は狂気のもたらす病である」と断じる〈理性〉に一方的に押しまくられ、口をはさむ隙をもてない主人公に対し、後篇の主人公は、〈理性〉の主張に対し、ときに疑問を呈したり、反論を試みたりする。つまり、二一葉裏に描かれている挿絵と二九葉裏の挿絵は、登場人物の身ぶりを描き分けることによって、テキストの内容のちがいを表現しえているのである。

このような微妙な表現を実現した画家とは、いったいどのような人物なのだろうか。

ジャクマール・ド・エダン

パリのフランス国立図書館所蔵フランス語写本三八〇番は、フランス国王シャルル五世の弟にあたる、ベリー公ジャン（一三四〇―一四一六年）の注文によるものと推定されている。二一葉目裏の挿絵で、〈理性〉と主人公の背景に百合の紋章がもちいられているのも納得がいく。収録されている挿絵は五〇点。画家はジャクマール・ド・エダン。

ジャクマールは、北フランスのアルトワ地方に位置するエダン出身で、一三世紀後半から一四世紀はじめにかけて、ベリー公ジャンの宮廷が置かれていたブールジュを中心に活躍した。ジャンに捧げられた『ベリー公の大いなる時祷書』（一四〇九年完成）のために絵をつけたことで知られている、一四世紀後半のフランスを代表する画家である。

このことからもわかるとおり、ベリー公は、ジャクマールのキャリア初期から、あつい庇護をあたえていた。公は、一三九八年、同業者の画家とのトラブルから発展した殺人事件に加担していたジャクマールのために、兄であるフランス国王から赦免状を手に入れたほどである。ジャクマールは通算三回（一三八四年、一三九五年、そして一四〇九年）、ジャンに従い、当時教皇庁の置かれていたアヴィニョンの教皇庁宮殿を訪れる機会をえた。そのさい、聖ヨハネ塔二階に位置する聖マルシャル礼拝堂の壁に描かれた聖マルシャル（初期キリスト教時代のリモージュ初代司教）の生涯を描いた一連のフレスコ画と、階下の聖ヨハネ礼拝堂を飾る使徒ヨハネならびに洗礼者聖ヨハネに捧げられた連画を目のあたりにし、これに大きな影響を受けた。一四世紀中期イタリア絵画を代表する画家、マッテオ・ジョヴァネッティの作品である。この時代のイタリアでは、花開きつつあったイタリア・ルネッサンスと同時に、国際ゴシックとよばれる様式が流行していた。マッテオの画業は、この傾向を汲むものである。

ジャクマールの代表作である「十字架をかつぐキリスト」は、現在ルーブル美術館に見ることができる。[*3] これは、もともと『ベリー公の大いなる時祷書』の一部だったもので、一ページ全体を使って描かれた縦三八センチ、横二八センチの大判挿絵である。中央に、十字架を肩にかつぐイエスが配置され、かたわらの聖母マリアと使徒ヨハネとともに、三人がひとかたまりになる構図で描かれ、その周囲には手を合わせてイエスを拝む人々が置かれている。イエスの右側には、ふたりの盗賊がおのおの十字架を喘ぎつつ運び、画面の左端には、聖ヴェロニカが聖顔布（ヴェロニカが差しだした布で、それでイエスが顔面の汗をぬぐったところ、御顔が映し出されるようになったと伝えられる）を両手にもってイエスを見送っている。同じ角度で寝かされている二本の十字架（盗賊の十字架二本は、重ねあわせて描かれているため、一本に見える）がつくりだすふたつの斜めのT字が、画面全体を対角線として支えている。さらに、中央のもっとも奥まったところには、木の枝で縊死しているユダと、空からそれを見遣る悪魔が背景に描かれる。その手前には、ユダを見上げる一群の人々を登場させることによって、この絵を見るわたしたちもまた、ユダの自死に視線を向けるようにうながされる。うつくしい色彩にもまた目を引きつけられる。画面の大部分は、地面や丘の斜面の茶色、そして城の壁面や人々の着衣や顔の薄茶色で覆われており、そのなかで、ユダの長衣の朱、ローマの兵士たちの手にする盾や幟の赤と、イエスとマリア、そしてヴェロニカの衣にあてられたあざやかな瑠璃色あるいは群青色が、じつにみごとなコントラストを実現している。このような配色や構図は、ジャクマールがマッテオ・ジョヴァネッティに多くを負うていることをしめすものである。

なお、この写本本体は現在、パリ国立図書館に所蔵されている（ラテン語写本九一九番）。これには、聖母マリアやキリスト受難という大テーマをあつかった、おなじサイズの挿絵が複数収録されていたはずだが、現存しているのはルーブルのこの一枚のみである。そして、本書には、他のテーマを描いた小型の挿絵が二八点、描かれている。一ページに二列が配されたテキストの一列分を横のサイズとする挿絵だが、そのなかの「悔悛するダヴィデ」がジャクマールの手になるものと考えられている。*4

上記の『薔薇物語』、パリの三八〇番写本において、〈理性〉が登場するふたつの異なるシーンについて、それぞれの内容をくみ取って描きわけることは、ジャクマールにとって、まさに腕のみせどころだったことだろう。

〈友〉も再登場

〈理性〉の弁舌に屈する「わたし」ではない。彼女のもとを離れ、ふたたび〈友〉と相まみえる。ここで、〈友〉が前篇におけるように、友愛の情から助言をあたえてくれる人物だと期待したら、まったくの肩すかしをくらうことになるだろう。なにしろ、〈嫉妬〉の城を陥落させるもっとも効果的な方法として〈友〉が紹介するのは、〈大いに貢ぐ〉という名の道を選んで進むことなのだから。それは、〈気前よさ〉がつくった道である。この道を進んで〈嫉妬〉の城に侵入すれば、瞬く間に落城となるという。

そして、この道の反対側の端にいるのが〈貧困〉ということになる。ここで〈友〉は、〈貧困〉がいかにこの世で最悪の存在であって、なんとしても避けるべきものかを、オウィディウスの『恋愛作法』やユウェナリスの『風刺詩』などを典拠に説く。そのうえで、女性にたいしては高価な贈り物がなにより効果的なのだと結論づける。

このように、恋愛の実態をあばいてみせたところで、〈友〉は一転して、愛が損得づくでおこなわれていなかった時代、愛が男女のあいだの真心によって取り結ばれていた時代について述べる。そのような人類の「黄金時代」において、愛と所有とは相容れない概念だった。そして、愛と所有とを同化させる結婚という制度によって、いかに男女に不幸がもたらされたかを力説するのである。

「夫が妻の体と財産を支配しようとする時、真の愛情は長続きしませんし、お互いに相手を傷つけるばかりです」(三五三ページ)といってから、ある「嫉妬深い夫」の独白を引用する形で、結婚の否定論を展開する。一〇〇〇〇行をついやしてなされる独白のなかには、ジャン自身がフランス語に訳したアベラールとエロイーズの恋愛書簡が引用される。

〈友〉の助言をもっとも端的に表現しているのは、彼が演説の最後に述べている「女性とのつき合いかた」マニュアルだろう。男は、自分のパートナーである女性にほかにつき合っている男性がいるとしても、それに気がつかないふりをしないようにすべきである。女性は束縛されるのを嫌うからだ。また、彼女についての悪い噂を耳にしても、それを信じてはならず、そして、彼女からどんなひどい仕打ちを受けても耐えなくてはならない。「殴られたり悪口雑言を浴びせられたら、たとえ生身に爪を突き立てられたとしても、身を守ろうとしてはなりません。それどころか、むしろお礼を言って、自分の奉仕が受け入れられることが納得できさえすれば、こうした責苦は甘んじて受けながら生きていくし、本音を言えば、彼女なしで生きるよりは死んだ方がましなんだ、と言うべきなのです。」（四〇四ページ）

他方、男がふた股をかけている場合、けっして現場を押さえられることのないように細心の注意を払わなければならない。なぜなら、「愛しい男が新しい恋人といるところを見つけた女ときたら、残忍さにおいては猟犬に吠えたてられて毛を逆立てた老いたる猪に勝り、残虐、獰猛においては仔らに乳をやっているところを猟師に襲われた牝獅子を凌ぎ、意地悪さにかけては、踏まれるが大嫌いなのに尻尾を踏みつけられた蛇も顔負けというほどです。いたるところに火と炎を撒き散らし、心も体ももうどうなってもいいという覚悟なのです。」そして、かりに相手の女性に浮気を疑われたときには、それが事実であろうと相手の思い過ごしであろうと、「断固として否定し続け、ためらわずに誓ってみせ、(…)その場でできるだけ早く愛の遊戯を味わわせておやりなさい。」(四〇六ページ)浮気についての〈友〉のアドバイスは、それだけで終わらない。どうしてもしらを切りとおせなくなった場合、相手の女に迫られて、その場から逃れるために万やむを得ず事におよんだが、「それ一回きりだった」と主張し、金輪際あの女のもとには戻らないと固く誓ってから、愛の営みをおこなうように助言するのである。

最後には、女性とは先天的に他人に文句をいわれることを拒否し、ほめられることだけを望んでいる生き物だ――「人に醜いと言われる女にも、妖精よりも美しいと言っておやりなさい」――と女性の本性を総括したうえで、女性の愛を獲得し持続させるためには、ただひたすら、ちやほやすればいいのだとの結論をくだす。

このように、〈友〉による助言は、主人公をなぐさめたり、勇気づけることを目的としているというよりも、恋愛の手練手管の伝授に終始している感がある。しかも、その根底には女性に対するあからさまな軽蔑がうかがえる。そして、同様の恋愛作法が、のちに〈老婆〉によって〈歓待〉相手に、女性の立場から発せられる。たしかに、すでに指摘したように、〈理性〉による恋愛観にも反恋愛至上主義的な傾向がつよく見られたが、『薔薇物語』後篇をつらぬく女性蔑視的な人間観は、おもに〈友〉と〈老婆〉によって表現されているといえるだろう。

以上に見てきたように、後篇のはじめに〈理性〉と〈友〉が登場し、両者あわせて六〇〇〇行の演説を披露したあと、停滞していた物語がようやく動きはじめる。そもそも〈理性〉と〈友〉は、前篇との継続性を強調するためだけでなく、男女関係について持論を披瀝するためにジャン・ド・マンが再登場させた人物だといえる。〈友〉が主人公のまえから姿を消したいま、いよいよジャンの物語がはじまる。

〈愛の神〉軍の招集と〈歓待〉の性転換？

〈友〉の忠告にしたがって、主人公は〈嫉妬〉の城を攻略するための近道を行こうとする。それは〈富〉の守る道である。ところが、主人公はここを通してもらえない。ここに、ギヨーム・ド・ロリスとジャン・ド・マンの恋愛観のちがいが垣間見える。

前篇の〈富〉は、〈悦楽の園〉の内側において、〈悦楽〉や〈若さ〉らとともに〈愛神〉の主催する輪舞を踊っていた。ところが、後篇に出てくる〈富〉は、むしろ主人公を退ける。〈富〉によれば、ひとは恋する相手のためなら浪費をいとわない。それは〈富〉を否定する行為である。彼は主人公に、「ここから立ち去ってください。わたしをそっとしておいてください」と言い放つのである。

ここで主人公のまえにあらわれるのは、前篇で彼が忠誠を誓った〈愛の神〉である。〈愛の神〉は家臣団の全員を招集する。〈閑暇〉、〈心の高潔〉、〈富〉、〈気高さ〉、〈憐憫〉、〈気前よさ〉、〈大胆〉、〈名誉〉、〈礼節〉、〈快楽〉、〈純真〉、〈同伴〉、〈安全〉、〈悦楽〉、〈歓喜〉、〈陽気〉、〈美〉、〈若さ〉、〈謙虚〉、〈忍耐〉、〈隠れ上手〉、〈強制禁欲〉が集まる。さらに、〈強制禁欲〉は、〈瞞着〉と〈偽善〉の子である〈見せかけ〉を伴ってくる。これには〈愛の神〉もおどろきを隠せないものの、〈強制禁欲〉から恋人として紹介されると納得するのである。

もっとも、すでに〈友〉が主人公に聞かせた恋愛論を知っているわれわれとしては、〈愛の神〉ほど〈見せかけ〉の参戦をいぶかしく思わなくて済むだろう。そして、後篇でくり返されることになる恋愛マニュアルには、男女関係における偽善的な振る舞いの効果が一貫して説かれ、じっさい、このあとの〈嫉妬〉軍とのいくさにおいても、〈見せかけ〉は戦略上きわめて重要な役割を担うことになる。

それにしても、前篇では〈悦楽〉の園の外壁に〈偽信心〉が描かれていた。そして後篇では、〈強制禁欲〉と〈見せかけ〉のカップルが〈愛の神〉の軍勢に加わっている。〈偽信心〉と〈見せかけ〉とは別人だが、ここにもギヨームとジャンとの恋愛観のちがいが露呈しているといえる。

さて、のちに、主人公じしんが〈中傷〉の門に到ったさいにも、「〈瞞着〉の息子にして、美徳が大嫌いな母親〈偽善〉の邪悪な臣下、裏切り者の〈見せかけ〉」とその伴侶である〈強制禁欲〉に対し、祈りをささげる。そして、恋愛の成就において、〈見せかけ〉を師と仰ぎ、「表裏二心を持ちながら、率直を装う」ことの重要性を肝に銘じるのだ（『下巻』一〇四ページ）。このようなエピソードにも、前篇と後篇の恋愛観のちがいがはっきりとあらわれているといえるだろう。

〈愛の神〉軍の招集がなされ、いよいよ合戦の開始かと思いきや、ここで視点は主人公や〈愛の神〉

側を離れ、〈嫉妬〉の城に閉じ込められている〈歓待〉と監視役の〈老婆〉に向けられる。〈老婆〉は、前篇の最後で〈嫉妬〉の城が築かれ、塔に〈歓待〉が幽閉されたときにすでに登場していた人物だが、ここでは二〇〇〇行にわたり、みずからの性的人生《ウィタ・セクサリス》を回顧し、男を手玉にとる策について指南するのである。

そうした〈老婆〉の忠告は、話し相手である〈歓待〉のイメージを大きく変化させることになる。というのも、そもそも前篇で登場した〈歓待〉は、見目うるわしい青年だった。その後、主人公を薔薇の蕾のもとに導いて口づけを実現させてくれたときも、〈拒絶〉にばらの茂みから追い払われたときも、テキストから喚起される〈歓待〉のイメージは、若くてハンサムな男性である。しかしながら、〈嫉妬〉の囚われの身となり、丸い塔の上で〈老婆〉の監視下に置かれたときから、そのイメージは女性的なものに変容する。

それはさらに、後篇に入り〈老婆〉の恋愛指南を受ける段になると、もはや〈歓待〉にふさわしい人物像は、いかに美男子とはいえ男性ではなく、女性、しかもまだ恋愛経験にとぼしい初心な少女ということになる。たしかに、テキストにおいて人物が女性であることを明示する記述は存在しない。

だが、前出のパリ、フランス国立図書館所蔵フランス語写本三八〇番をもう一度ひも解いてみると、〈歓待〉のいわば「女性化」が、わたしたちのたんなる勘ちがいによるものではないことがわかる。というのも、この写本では、一九葉目の裏に、前篇で〈礼節〉の「息子」として登場しているときと、後篇にあたる八五葉目の裏で登場しているとき、両方の場面が挿絵として描かれている。そして、ジャクマール・ド・エダンは、どちらの場面でも、〈歓待〉を女性として描いているのである。これは、後篇での〈歓待〉の女性としてのイメージがあまりにも強烈であり、そのために、原作にははっきりと男子と特定する文字情報があるにもかかわらず、前篇の〈歓待〉までも女性に変えてしまったとかんがえるべきだろう。

〈自然〉の告解と総攻撃の開始

全篇で約二一〇〇〇行の作品のなかで、〈理性〉、〈友〉、そして〈老婆〉による演説が大半を費やしてなされたあと、ついに総攻撃の火ぶたが切って落とされる。

総攻撃とはいっても、〈愛の神〉軍と〈嫉妬〉を大将とする軍の会戦が行われるわけではない。〈拒絶〉対〈気高さ〉、〈憐憫〉対〈羞恥〉、〈羞恥〉対〈快楽〉という具合に、両軍各ひとりによる一騎打ちが語られていく。そして、〈愛の神〉の軍勢の旗色が悪くなったとき、〈愛の神〉の母〈ウェヌス〉の出陣の運びとなるのだが、ここでまたしても物語は停滞する。というのも、〈ウェヌス〉と〈愛の神〉母子が出陣の「宣誓を行った頃、天球の下に包まれたあらゆるものを司る〈自然〉は、みずからの鍛冶場に入っていった」(一五八六一—五行)と語られ、唐突に、〈自然〉が〈ゲニウス〉と呼ばれる贖罪司祭に対しておこなう告解が挿入されるのである。

「唐突に」と書いたが、この後につづく〈自然〉の長い演説は、文字どおりの脱線とよぶべきもので、〈ウェヌス〉の加勢を得た〈愛の神〉軍による総攻撃を語る前後の文脈との直接的な関連はない。

しかしながら、三五〇〇行を占めるこの箇所こそ、後篇の大きな特徴のひとつといえる百科全書的な叙述の典型をしめしている。じっさい、〈自然〉の口を借りて語られる自然と宇宙にかんする論考は、同時代における自然科学的知識と哲学的知識の集大成となっているのである。

演説の大テーマを運命論に置き、人間の運命が神、そして天体の運行と結びつけられて論じられる。そこでは、キリスト教の大命題である、神が定める人間の運命があるにもかかわらず、人間自身がみずからの意志によって未来を切りひらくことができるのかという、自由意志の問題が扱われている。

そもそも、〈自然〉はゲニウスに対して何を告解したのか。〈自然〉は何について罪の意識を抱いているのか。ひとことにすれば、「人間などという、この宇宙で最悪の被創造物のために、あれこれと尽くしてきたのは、まったくの愚行だった」ということだ。〈自然〉の人間観は、徹底的に性悪説に立ったものである。長大な告解の最後に置かれた人間の定義は、絶望的な嘆きにも聞こえる。

「人間は傲慢です。人殺しで盗人です。不実、貪欲、吝嗇、ペテン師、希望の抜けがら、食いしん坊、悪口好き、憎悪のかたまり、蔑み屋、不信心、羨ましがり屋、嘘つき、偽善の達人、贋金造り、間抜け、空威張り、無節操、無分別、偶像崇拝者、恩知らず、裏切り者、偽善者、怠け者、男色家、要するにありとあらゆる悪徳の奴隷に成り下がったほどの惨め極まる情けない存在です。」（一九一九五―一九二〇ページ）

〈友〉や〈老婆〉による女性蔑視的な言説も、女性についての性悪説に根ざしていた。〈自然〉の告解と合わせ、ジャンの後篇の根底には、人間に対する強い不信が見てとれるようだ。

〈自然〉の告白を聴いた〈ゲニウス〉というのは、生殖をつかさどる神である。この〈ゲニウス〉が生殖を礼賛する説教を終えたとき、ついに〈ウェヌス〉は手にした松明を弓につがえ、この最終兵器を〈嫉妬〉の城に向けて放つべく構えるのである。ねらいは、塔のわずかなすき間に垣間見える〈羞恥〉の像の、ある部分である。

ここでジャン・ド・マンは、最後の逸脱にかかる。物語の本筋からは外れるエピソードであるが、作品全体の鍵をにぎるきわめて重要な逸脱である。ピグマリオンの伝説の引用だ。

2 ナルシスとピグマリオン

およそ二二〇〇〇行の作品も、残すところ約一〇〇〇〇行。ここで、行数の大半を占める登場人物たちの演説には頓着せず、たんに『薔薇物語』の大筋だけたどってみると、以下のようになるだろう。「主人公が夢のなかで、一輪の薔薇の蕾にひとめ惚れする。この恋は、〈嫉妬〉を頭領とする勢力の妨害に遭って頓挫するが、〈愛の神〉らの助力をえて、最後には成就する。」

作品のほんとうの魅力をなんら伝えない、文字どおり身も蓋もないまとめかたであるが、この乱暴な粗筋によって浮き彫りになることもある。『薔薇物語』は、①若者が恋に落ち、②思いを遂げる、までを語るラブ・ストーリーだということだ。

そして、この①と②は、恋愛の過程における二か所の絶頂――愛の端緒と達成――に相当する。注目したいのは、ふたつの絶頂を語るエピソードそれぞれの直前に、ひとつずつギリシャ神話が置かれていることだ。主人公が意中の女性＝薔薇の蕾に邂逅する直前にはナルシスの神話が、主人公と蕾が結ばれる寸前にはピグマリオンの神話が配置されている。

ナルシスの神話もピグマリオンの神話も、わたしたちの物語の展開に直接的な関係をもっているわけではなく、これらのエピソードの挿入は、物語の流れを寸断している印象がぬぐえない。とりわけピグマリオン伝説の引用は、全篇の大団円で、〈ウェヌス〉が〈嫉妬〉城に火の矢を射かける直前に置かれている。作者は、このような脱線をしてまで、あえてこの伝説をはさんだのはなぜだろうか。

ナルシスの神話

ナルシスの神話は、ギリシャ神話のなかでももっとも有名なエピソードのひとつで、登場人物の名前であるエコーがヨーロッパ各国語の「反響《エコー》」の語源となり、主人公のナルシス（本来はナルキッソス）という固有名詞が「ナルシスト」（本来はナルシシスト）という用語の由来となったことでも知られている。カラヴァッジョの名画をはじめ、数々のヨーロッパ絵画のテーマとなってきた伝説である。

まず、ギヨーム・ド・ロリスが語る『薔薇物語』バージョンのナルシス伝説をかんたんにまとめると、以下のとおりである。

絶世の美少年ナルシスに妖精のエコーが恋をした。エコーは思いを打ち明け、自分を受け入れてくれるように懇願したが、高慢なナルシスは歯牙にもかけなかった。エコーは恋わずらいのあげく命を落としてしまう。死に際して、〈愛の神〉にナルシスを懲らしめてくださいと祈りつつ……ある日のこと、のどの渇きをおぼえたナルシスは、とある泉にかがみ込む。すると彼は、水面に映った自分じしんの美貌に魅せられ、熱烈な恋に落ちる。そして、けっして報われない恋に身をやつすあまり、命まで失ってしまったのだった。（前篇、七四―七六ページ）

オウィディウスの伝える『変身物語』（第三巻、三三九―五一〇行）[*5]バージョンのナルシス伝説とくらべれば、この『薔薇物語』バージョンははるかに単純な物語となっている。まず、ナルシスが「水仙」の花に変身するくだりがカットされている。これは、バラの強烈なイメージを、ほかの花を登場させることによって曇らせたくないという配慮なのだろう。[*6] また、オウィディウスによれば、ナルシスに拒まれ、その仕打ちに対する復讐を神に祈願したのは、「ある」若者（四〇四行）だったのに対し、『薔薇物語』ではエコーじしんがこの役まで担っている。つまり、愛を拒まれ、絶望のあまり死をえらぶのも、また、死をまえにして復讐を神に祈るのも、エコーひとりのこととなっている。その結果、伝説はナルシスとエコー、ふたりだけの物語に単純化され、悲恋のインパクトはより強くなったといえる。

「性の指南書」としてのピグマリオン伝説

他方、後篇の終幕ちかくに置かれているのが、ピグマリオンの伝説である。

ピグマリオンのエピソードについて、主人公の名前をタイトルとしたジョージ・バーナード・ショーの戯曲（一九一三年）は、こんにちでも当たり狂言として知られているし、これを原作としたオードリー・ヘップバーンがイライザを演じた『マイ・フェア・レディ』（一九六四年、アメリカ、ジョージ・キューカー監督）も愛されている。さらに、この映画の翻案ともいえる、ジュリア・ロバーツとリチャード・ギアの『プリティー・ウーマン』（一九九〇年、アメリカ、ゲーリー・マーシャル監督）を知らないひとはすくないだろう。いずれにしても、教養ある男性（教授や富豪）が、無教養の若い女性（田舎娘や娼婦）を教え導くことによって、一人前の淑女に育てあげるという筋書きは、教える立場の者が期待をこめて教育にあたれば、生徒は子どもの成績は伸びやすいという教育心理学の学説に「ピグマリオン効果」と名称をあたえたほど普遍性をもっている。そして、ナルシス神話と同様、この神話も数々の名画を生んだ。とりわけ有名なのは、一九世紀フランスを代表するジェロームの「ピグマリオンとガラテア」（一八九〇年）であろう。彫像に生命が宿る劇的瞬間をみごとにとらえるとともに、ガラテアの美と艶めかしさを十全に表現し、この神話の魅力をあますところなく伝えている。

さて、ジャン・ド・マンがこのようなピグマリオン伝説を全篇のクライマックスに持ってきたのは、ギヨーム・ド・ロリスが前篇のクライマックスに語ったナルシス神話を意識し、それとの照応について明確な意図をもっていたことをしめしている。

確認してみよう。『薔薇物語』後篇では、〈自然〉が愛の行為の究極の目的を説き、〈友〉と〈老婆〉が男女関係の心がまえともいうべきマニュアルをしめし、そして〈ゲニウス〉が生殖を祝福した。準備はととのった。あとは、実践である。ここに至り、ジャン・ド・マンは、愛の行為について作法をさずけようとする。しかも、直接的、説明的な表現によって解説するのではなく、ピグマリオンの伝説というたとえ話によって暗示するのである。まさに、アレゴリー文学としての『薔薇物語』ならではの手法だ。

いまや怒れる〈ウェヌス〉は、彼女のアトリビュートでもある松明を弓につがえ、〈嫉妬〉の城をうかがう。国中の名工たちによって築かれた不落の要塞である。狙い目はあるだろうか。

矢の名手でもある〈ウェヌス〉は、塔（これが〈歓待〉の幽閉されていたのとおなじ塔かどうかは不明。原典の当該名詞には定冠詞（la）が付されており、既知情報であることがしめされている）の「二本の小さな柱」のあいだに、「小さな狭間」が隠されているのを見逃さなかった。二本の柱、すなわち両の脚は銀製で、優美なフォームをなしている。光り輝き、形もうつくしい。そして、その上には「高すぎず低すぎず、また太すぎもせず、かといってか細すぎることもなく、腕も方も手も完璧な比率で作られ」（下巻、三二七―八ページ）た像、つまり、最高のプロポーションを誇る女性をかたどった彫像が載せられている。さらにそこには、きわめて「芳しい聖遺物箱が貴い布で包まれて隠されてい」（三二八ページ）ると語られ、その匂い立つ秘所も、キリストや聖人たちにゆかりの聖遺物をおさめる聖遺物箱と、それを覆うベールになぞらえられている。

〈ウェヌス〉は、まさにこの像の「狭間」に正面から照準をあわせているのである。むろんのこと、このあと彼女はこれをみごと射抜き、敵城を陥落させることになるのだが、標的ならびに射的の行為が、すでにして性行為を擬していることに注目しておきたい。物語は俄然、性的含意を濃くする。

とはいえ、ジャンは〈ウェヌス〉にすぐに矢を発射させない。この上なく高貴に、そして完全に彫り上げられたこの女性像について、その比類なさを強調するために、これ以前に創作された最高の彫像とくらべてみせる。こうして、ピグマリオンの伝説が引き合いに出されることになる。

この伝説についても、典拠はオウィディウスである。まず、『変身物語』の第一〇章の二四三行から二九七行までにおさめられたピグマリオンの神話を要約してみよう。

キプロスの町プロポイトスの娘たちは、世界ではじめて売春を生業とした。それを見たこの島の王ピグマリオン（岩波文庫では、ピュグマリオン）は、「本来女性の心に与えられている数多くの欠陥にうんざりして、／妻をめとることはなしに、独身生活を守っていた。／が、そうこうするうちに、持ち前のすばらしい腕前によって、／真っ白な象牙を刻み、生身の女ではありようもないほどの容姿を与えたまではよかったが、／みずからその作品に恋を覚えたのだ」ではじまる。

あまりにも本物らしく見える彫像に触り、話しかけ、抱きしめる。貝殻や小石や小鳥や花々など、女子がよろこびそうな贈り物をするかと思えば、指輪、ネックレス、イヤリング、ブローチで着飾らせる。とはいえ、「それらのすべてが似つかわしいが、裸のままでも、美しさには変わりがないようだ。」さらに、「フェニキア産の紫貝で染めた褥に横たわらせ、／愛しい妻と呼んで、柔らかい羽根の枕に頸を乗せてやる」のである。

ウェヌスを祝う盛大な祭りの日、ピグマリオンは「どうか、わたしの妻として、（中略）象牙の乙女に似た女をいただけますように！」と祈る。そして、キスと愛撫をくり返す。するとおどろいたことに、象牙は柔らかくなり、血管の鼓動を伝えるようになる。「まぎれもない、人間のからだ」へと彫像は変身したのである。なんと美しい伝説だろう。

このたった五五行の「原作」を、ジャンによる「改作」はじつに三六九行に敷衍している。両者は詩法が異なるので一概に比較はできないが、かなりの加筆がほどこされていることはあきらかである。ジャンは何をどのように敷衍しているのだろうか。こんどは『薔薇物語』に語られているピグマリオン伝説を見てみよう。

ピグマリオンは、彫刻家として偉大な才能にめぐまれていた。あるとき、今回は名声を得るためでなく、彫刻を愉しむために、象牙をもちいて絶世の美女の像をみごとに彫り上げた。これがジャンによって設定された前提である。つまり、オウィディウスの場合のように、現実の女性たちに絶望したからではなく、彫刻家として創作行為の歓びのために造ったことになる。これは、重要な転調だ。

さらにジャンは、「木や石や金属や蝋など、(…)ありとあらゆる素材を使って肖像を作っていた」と断ったうえで、ピグマリオンに象牙の像を作らせている。この伝説における象牙の選択を、強調しながら継承している。

出来あがった像はあまりに美しく、ピグマリオンは像に恋してしまう。ここで、みずからの愛の狂気を自覚するピグマリオンによる嘆きが約七〇行、展開される。独白の形でしめされるその心理描写は、ふたつの点で興味ぶかいものとなっている。

まず、ピグマリオンは自分の愛とナルシスの愛とをくらべてみせる。後篇作者であるジャンが、前篇におけるナルシス神話との対称性について読者に留意させる仕掛けである。いずれの愛も狂気じみたものだが、ナルシスの場合よりも自分の場合のほうがましだと、ピグマリオンはいう。両者のちがいとしてピグマリオンが分析するのは、自分は愛の対象を「所有」できているが、ナルシスはできなかったということである。これは重要な指摘だ。ナルシスのエピソードは、愛が「見る」ことではじまることを教えた。ナルシスの愛の不幸は、愛の対象が水面という鏡に映った実体のない像であり、愛が「見る」ことだけで終わったことにある。それに対して、ピュグマリオンは、愛するものを「所有」している。それによって、「抱擁」し、「接吻」することができるのである。

しかし、もちろん、このままではピグマリオンの愛は完成しない。彫像が相手では、恋する者たちがこのあとに待ち望むべき〈快楽〉を得ることができないからである。ピグマリオンの相手は、なんの反応もしめさない。彼は、そっと「触って」もみる。しかし、パン生地のようなやわらかさを感じるのは、自分じしんの指のやわらかさを感じているのにすぎない。

ついで、成就を望めない愛の苦しみを嘆くピグマリオンによって試みられたことが、微に入り細に入り語られる。ジャンのほどこした敷衍がもっとも大規模な箇所だ。ピグマリオンは人形に、貴重な生地を惜しげもなく使って仕立てたさまざまな色の着物を、あれもこれもと身につけさせる。さらに、贅沢な宝石でつくられた髪飾り、ネックレス、イヤリングをつけ、お手製の花の冠をかむらせる。また、高価な帯を結んでやる。「その帯には実に貴重なかつ高価な施物袋を下げてやり、そのなかに海岸で選んで拾った石を五つ入れてや」（下巻、三三四ページ）る気の遣いようだ。さらに、靴と靴下を履かせる。最後に、指に金の指輪をはめてやり、異教の神々の立ち合いのもと結婚するのである。

甘美な声の持ち主であり、多くの楽器の演奏にも精通していたピグマリオンは、新妻となった像をよろこばせるために、恋の歌を美しく高らかに歌い、さまざまな楽器の達人《ヴィルトゥオーソ》としての腕前を披露する。

ところで、たくさんの衣装やアクセサリーで着飾らせ、みずから歌をうたい、音楽を演奏してやるというピュグマリオンの振る舞いは、こどもが愛玩の人形を相手にたのしむ着せかえ人形遊びを連想させないだろうか。そもそも、象牙という素材で、人間の実物大の彫像をつくることが可能なものなのだろうか。上に見たように、オウィディウスもジャン・ド・マンも、ピュグマリオンが象牙を使ったことを強調している。じっさい、この像の大きさについて、片手に持てる人形サイズと推定する研究者もある。たしかに、ヘレニズム期にはヴェヌスの小像がつくられていた。また、フィレンツェ国立図書館所蔵の『大オウィディウス』のための素描と題された一五世紀前後のスケッチには、ピグマリオンと添え書きされた作業衣の人物が、彫刻刀やハンマーをまえに、一体の彫像を左の掌に載せている様子が描かれている。[*7] これはあきらかに人形のサイズである。このあと、彫像が命を得て本物の女性になることと、この説とは齟齬をきたしているように思えるかもしれないが、神々による奇跡や魔法が支配する世界では、サイズの拡大あるいは縮小など許容範囲の展開といえるだろう。

しかしながら、すくなくともジャン・ド・マンが手のひらサイズの人形を念頭に置いていなかったのは確かといえる。踊りの名手でもある彼は、「彼女の手を取り一緒に踊る」のだ。そして、「床に彼女を寝かせ、腕のなかに迎え入れ、接吻し、抱き締める」とジャンはくり返す。性的な用途を連想させる叙述である。小型の人形が相手では、不可能な振る舞いだろう。

〈ウェヌス〉の寺院で催される徹夜祭で、ピグマリオンは〈ウェヌス〉に対し、まず、自分が〈純潔〉に仕えてしまったことを懺悔する。〈ウェヌス〉と〈純潔〉とは相容れず、〈ウェヌス〉は〈純潔〉を重んじる者を遠ざけるからだ。それから、自作彫像の美女に生命をあたえてくれるように祈る。

これを聞いた〈ウェヌス〉は大いによろこび、願いを聞き届ける。ピグマリオンは一目散に彫像のもとに駆けつけ、彫像が生命を得たことを目の当たりにするのである。すなわち、「輝く金髪が波のようにうねるのを目にし、骨があるのを探り取り、血管が血で満たされていて、脈を打ち、動くのを感じた。」（下巻、三四一ページ）

ピグマリオンは、「いまや（中略）幸福だった」（下巻、三四三ページ）と語られる。この部分には、ふたりのしあわせの模様がやや抽象的に描写されているが、要は「褥」、つまりベッドのうえでのことである。ピグマリオンは性戯のかぎりを尽くして妻をもとめ、「彼の望むことなら、どんなことでも彼女は拒まない」（同上）のである。

このように、ピグマリオンの神話は、絵に描いたようなハッピー・エンドを語るのに対し、ナルシスの神話は悲劇だった。しかし、ここで思い出してみよう。一七〇〇〇行にも及ぶジャン・ド・マンによる後篇だが、ほとんどが主人公の恋愛の帰趨には無関係の長演説に費やされていた。物語の最後に、意中の薔薇の蕾と「わたし」がめでたく結ばれるための伏線となるようなエピソードは書かれていない。たしかに、いままさに〈ウェヌス〉が〈嫉妬〉の城に松明を射かけようとしており、これが撃ちこまれれば勝敗は一気に決するのだろう。たしかに、そのような「デウス・エクス・マキナ」の運びもありえなくはない。

だが、ギリシャ文学にも精通していたジャン・ド・マンは、ギヨーム・ド・ロリスが前半に語ったナルシスの神話の真意を見抜いていた。それは、「死の神話」だ。エコーが死に、ナルシスも死ぬ。しかも、ナルシスの愛とは、水面という鏡に映るイメージを対象とする「見る」だけの愛で、けっしてその先はない。おまけに、その対象は自分じしんだ。徹頭徹尾、不毛な愛と死の物語である。そのような死を象徴する神話の対蹠の位置に、ピグマリオンの神話を置く。それは、生命賦与の神話だ。生命のない物に命をあたえる神話である。ピグマリオンは、愛の対象を「見る」だけでなく、愛撫し、味わい、そして彼女と肉体的に結ばれる。完全なる愛の実現である。つまり、ピグマリオンの伝説は、『薔薇物語』全篇のアレゴリーとして機能しているといえるだろう。このエピソードを挿入することによって、主人公の恋愛を幸福に導いて終わるための道すじが描かれたのである。

このあと、主人公の薔薇の蕾との「愛の行為」が、巡礼の比喩をもちいて語られる。彼は、ふたつの槌の入った「巡礼袋」と頑丈な「巡礼杖」をたずさえて、巡礼を敢行する。アレゴリーというよりも、もはやポルノ的な描写がつづき、ついに「いまお話しした細道は実に狭くて小さかったが、そこを辿って通り道を求め、障壁を巡礼杖で破り、狭間のなかに潜り込むのに成功した。」(後篇、三六〇ページ) このようにして主人公の愛は成就し、ながい夢から覚めたところで物語は終わるのである。

ロビネ・テスタールとドウス写本一九五番の挿絵

『薔薇物語』には三〇〇以上の写本が残っているが、そのうち二四三写本には挿絵がほどこされている。そのなかでももっとも美しいもののひとつが、オックスフォード大学のボードレアン図書館に所蔵されているドウス写本一九五番だ。[*8]

一五世紀後半、フランス王家の分家にあたるアングレーム公シャルル・ドルレアンと、フランス屈指の名門サヴォワ家のルイーズ夫妻のためにつくられたもので、『薔薇物語』だけを収録する全一五六葉のこの写本には、一二五点の挿絵をおさめられている。これは、『薔薇物語』の挿絵つき写本として最多である。

一八世紀末から一九世紀にかけて活動した装丁家C・ルイスの手になる装丁を開き、二枚の遊び紙をめくって第一葉を目にした者は、中世の挿絵つき写本をながめるよろこびに満たされることだろう。縦三四五センチメートル、横二三五センチのメートルの羊皮紙に描かれている図像は、じつに美しい。こげ茶色のインクを使い、バスタルダ体と呼ばれるゴッシク体の一種の字体で端正に書かれたテキスト本体もさることながら、上段にページ全体の三分の一ほどをついやして描かれた、左右一対、見開き状の挿絵に目を奪われる。

この挿絵を手がけているのは、一五世紀後半から一六世紀初頭にかけて写本の挿絵画家として活躍した、「アングレーム公シャルルの画家」の異名をもつロビネ・テスタールである。

写本の挿絵を描いた画家としては、先にジャクマール・ド・エダンを紹介したが、じつのところ名前のわかっている画家はきわめてすくない。すぐれた画業を認められる場合でも、逸名の場合がほとんどである。たとえば、ロンドン大英図書館王立文庫所蔵一五EⅥ番は、百年戦争中、イギリス国王ヘンリー六世にフランス王妃マリー・ダンジューの姪にあたるマルグリット・ダンジューが輿入れしたさい、英国軍最高司令官シュルーズベリー伯ジョン・タルボットが献呈した豪華で美麗な逸品であり、多くの挿絵もおさめられているのだが、その画家の名前は伝わっておらず、「タルボットの画家」と通称されているにすぎない。[*9]

そのような状況にあって、ロビネ・テスタールは、名前、作品、そして生涯がそれなりにわかっている画家である。のちほど、テスタールがピグマリオンのエピソードにつけた挿絵について分析する準備も兼ねて、ここで彼の画業をくわしく取りあげてみたい。

ロビネ・テスタールはこの時期のフランスを代表する挿絵画家である。いや、当時のフランスでは、写本装飾が絵画の大ジャンルだったことを考えれば、大画家のひとりといえるだろう。

当時、フランスの南西部のコニャックには、アングレーム公シャルル・ドルレアン（一四六〇―一四九六年）の宮廷があり、テスタールはシャルルや、その妻のルイーズ・ド・サヴォワの宮廷画家として活躍した。キャリアの初期において『フランス大年代記』の挿絵を手がけ、その後、下記の『シャルル・ダングレームの時祷書』や、ボッカチョの『名士列伝』フランス語訳をはじめとする多くの写本の挿絵を描き、さらにシャルル亡きあと奥方ルイーズに仕え、一四九〇年前後に『薔薇物語』のための挿絵を制作したと推定されている。さらに、夫妻の子で、一五一五年にルイ一二世を継いだフランス国王フランソワ一世に一五三一年まで仕えた。つまり六〇年ちかい画業を全うしたことになる。[*10]

シャルル・ドルレアンは、フランス王家であるヴァロワ家の傍系ヴァロワ＝アングレーム家出身で、フランス国王ルイ一二世の従兄にあたる。アングレーム伯であったことから、シャルル・ダングレームとも呼ばれる。なお、一五世紀後半のフランス文学を代表する詩人である同名の詩人シャルル・ドルレアン（一三九四—一四六五年）年とは別人である。

そして、彼と妻のルイーズとの子フランソワ一世は、神聖ローマ帝国のシャルル（カール）五世やイギリス国王ヘンリー八世とわたり合いながら、文化的にはイタリア・ルネサンスを導入し、フランス・ルネサンスを主導した名君である。芸術のパトロンとしての功績を象徴するのは、一五一六年にレオナルド・ダヴィンチ（一四五二—一五一九年）をフランスに招いたことである。レオナルドを敬愛するフランソワ一世は、居城であるロワール河畔の名城アンボワーズ城からほどないクルー館を、彼に提供した。老巨匠は「モナリザ」その他の名画をたずさえてフランスにわたり、この地で亡くなる。この世界的名画が（イタリアではなく）フランスの国家財産として、現在、ルーブル宮を前身とするルーブル美術館に所蔵されているのはそれゆえである。イタリア・ルネサンスの画家たちの伝記として名高い『ルネサンス画家列伝』でヴァザーリは、レオナルドがフランソワ一世の胸に抱かれて息を引きとったと伝えている。この美しい伝説は、後代になってドミニク・アングルにより「レオナルド・ダヴィンチの死」（一八一八年）に描かれることになる。

テスタールの代表作としてもっとも知られているのは、『シャルル・ダングレームの時祷書』（パリ、フランス国立図書館ラテン語写本一一七三番）である。王侯貴族の注文により制作された時祷書のなかでも屈指の出来栄えである。二一・五×一五・五センチメートルの片手に載るサイズで、ページをめくると挿絵の量と色彩の豊かさに目をうばわれる。この書は、フランス国立図書館の電子サイトであるガリカ Gallica でその全貌を閲覧することができ、また、挿絵についてもその大部分を Wikimedia でも見ることができる。*11

ところで、この時祷書の挿絵について、興味ぶかい特徴を指摘できる。二三〇葉からなるこの写本には、計三八点の挿絵が収録されている。これらはいずれもそのうち一八点は、テスタール自身の作品とはいえない。一五世紀後半のドイツの銅版画家イスラエル・ファン・メッケネム（一四四五頃—一五〇三年）の版画にテスタールが色をつけたものだからである。

さらに三枚は、テスタールと同時代の画家、ジャン・ブルディション（一四五六—一五二〇年）の手になるものである。ジャンは、ルイ一一世、シャルル七世、ルイ一二世、そしてフランソワ一世と、じつに四代のフランス国王に仕えた、一五世紀後半のフランス美術を代表する宮廷画家である。多くの写本挿絵やパネル画を残したが、なかでも女性としてブルターニュ公位を継ぎ、シャルル八世（一四七〇—一四九八年）とルイ一二世（フランソワ一世の前の国王）というふたりのフランス国王の王妃となったアンヌ・ド・ブルターニュの注文による、『アンヌ・ド・ブルターニュの大いなる時祷書』（パリ・フランス国立図書館ラテン語写本九四七四番）は、数多ある時祷書の写本のなかでももっとも有名な一巻である。

つまり、『シャルル・ダングレームの時祷書』において、ロビネ・テスタールとジャン・ブルディションという、フランスの当代きっての挿絵画家の競演が実現している。これはもちろん、シャルル・ダングレームという君主の注文による企画ならではのことだろう。[*12]

テスタールは、時祷書のような宗教的なテキスト以外の写本にもすぐれた挿絵を描いている。一四世紀後半から一五世紀初頭にかけて逸名作者によって書かれた『世界の自然と驚異の謎について』という博物誌は、計四つの写本に伝えられており、そのうちもっとも新しく、一四八〇年頃つくられたとされるパリの国立図書館所蔵フランス語写本二二九七一番にテスタールは挿絵をほどこしている。

この作品は、当時理解されていた世界の地誌を、地名のアルファベット順に記述した百科全書あるいは百科事典であり、一三世紀前半のイギリス人フランシスコ会修道士バルトロメウスによる『事物の特性について』の伝統に属するものといえる。アフリカやアジアからはじまり、実在が確認されている土地だけでなく、ローマ時代の大プリニウス『博物誌』などの書物や風聞でのみ知られている土地について、地理や住民、そして風俗について記述している。全部で五六章からなり、各章のはじめにテスタールによる挿絵が置かれている。テキストと挿絵との対応を見るために、写本冒頭の「アフリカ」の章を例にとって訳してみよう（http://gallica.bnf.fr/ark:/12148/bpt6k332 二〇一六年一〇月一日閲覧）。

アフリカは地球の南側のおおむね三分の一を占める。

アトラスという名のたいへん高い山があり、ソリヌス（筆者注：三世紀のラテン語作者カイウス・ユリウス・ソリヌス。大プリニウスの『博物誌』を典拠とする『世界の驚異について』の作者）によると、この山には特筆に値する驚異がふたつある。ひとつは、日中は驚くべき静寂が支配するということである。というのも、ここは人里はなれた秘密の場所で、人間は住んでいないからである。そして夜になると、この地は火で照らされ、さらに目をみはらせる驚異に満たされる。そこでは、あらゆる甘美なメロディーとさまざまな声が聞こえ、そしてオルガン、ハープをはじめ、あらゆる楽器の音楽が鳴り響いている。このようなメロディーがどのようにして奏でられるのかも、また、火の輝きがどこから発しているのかも、依然として人間の知るところとなっていない。もうひとつの驚異もまた注目に値する。この地には、木綿や絹のような繊細で肌理の細かい泡状の綿で覆われた、糸杉に似た木々が生えている。そして、このような木の綿（わた）から絹のシャツや織物がつくられるのである。

さらに、ここには多くの象、熊、ライオン、ハイエナ、野生ロバ、オナガ（筆者注ロバの一種）など、多種多様な種類の蛇がたくさん生息していた。

アフリカには、ソリニウスが言ったように、「シラミ」という名の種族がいる。かつて、この国の王の名前がそうだったからである。七世紀にプリニウスがこの人種は蛇やほかの毒をもった獣のなかでも平気で、人間の本性には反した性質をもっている。

さらにプリニウスによると、この国の男は、あらたに子どもが生まれたとき、もしもいささかでも母親の不貞を疑うことがあれば、それが正当な子であるかを証明するため、蛇のまえに差し出すのである。まちがいなく正当な子であれば、蛇たちは子どもに対してなんら危害をくわえな

い。しかし、ほかの男の子どもであれば、即座にむさぼり喰われてしまうのである。（第一葉の表〜裏）

このテキストにテスタールがつけた挿絵がこれである（挿絵部分のみの鮮明な拡大画像はフランス国立図書館のホームページで見ることができる。http://classes.bnf.fr/ebstorf/feuille/secrets/01.htm 二〇一六年八月七日閲覧。）一見して目をうばわれるのは、あざやかな赤青緑の色彩のみごとな配色だ。画面手前の左側には、裸の赤児を赤の胴、黄色の翼のドラゴンと緑の胴、黄色い羽のドラゴンがむさぼっている。それを黒い肌の男性と白い肌の女性が取り囲んで恐怖の表情で見つめている。女性のひとりは赤いドラゴンから身をそらしながら手を合わせて祈りをささげている。手前の中央には、女性が傘のような武器を頭上にかかげ、いまにもドラゴンを叩こうとしているかのようだ。隣には男性が鉄砲をドラゴンに向けて構えている。赤いドラゴンはもう

https://upload.wikimedia.org/wikipedia/commons/b/b5/Secret_de_l%27histoire_naturelle_Fr22971_f1_%28L%27Afrique%29.jpg（2016年10月1日閲覧）

一匹、画面のまったく別のところを徘徊しており、ここに現れている以外にも多くのドラゴンが棲息していることが暗示されている。画面の右手前には、先が鉤状の長い棒を木の枝にのばしている男女が描かれているが、これは糸杉に似た木から綿をとっているというテキストの記述を絵にしたものだろう。さらに、ハイエナらしき耳の細長い動物やライオン、そして象の姿も描かれている。象は、長い鼻と二本の牙をもっており、形態として象にちがいないものになっているが、人間やライオンとほぼおなじサイズであるのは、実物を知っているわたしたちからすると奇妙な感じをまぬがれえない。

遠景は青で描き分けられている。とはいえ、遠くの対象になるにつれ徐々に霞がかった薄い青に描いていくことにより奥行きを出すという、いわゆる「大気（あるいは空気）遠近法」が使われているわけではない。いずれもかなり濃い目の三種類の青を、色の境目をぼかすことなく、水平にならべているだけに見える。また、この挿絵を見るかぎり、人と動物に対する城、丘、道、木の縮尺が現実的ではなく――画面中央の丘の斜面にならぶ木々はくさむらのようだ――、「線遠近法」にも無頓着である。これは、テスタールが遠近法の技法を知らなかったからではなく、見せたいものを大きく、そしてはっきりと描いているからにすぎないだろう。つまり、この挿絵はテキストについて説明的であり補足的であることを使命としているといえる。

このようにして、「アフリカ」の挿絵とテキストが終わると、「アマゾネス」の項目が、おなじように挿絵、テキストの順で掲載されていくことになる。

ただし、ここで計二九作にのぼるテスタールの挿絵――写本に収録されているもの、あるいは写本から切り離されて断片として残っているもの——を、彼の作であることが自明であるかのように紹介しているが、けっして「ロビネ・テスタール」という署名が入っているわけではない。おもに写本の制作された状況や挿絵の作風、場合によっては、注文主の帳簿にテスタールへの支出記録があることから、研究者によって推定されているにすぎない。しかもその大半が、二〇世紀の後半になされている。ということは、今後の研究次第で、テスタール作という同定が覆される可能性もあるということである。

とはいうものの、テスタール作と認定できる作品が多いのには理由がある。彼の画家人生が長きにわたったことはすでに述べたが、その間にスタイルがほとんど変わっていないのである。景色や建造物、部屋の描き方が一貫して図式的で、舞台上のセットを連想させる。そして、人物の表情や服装の描き方についても、一定のスタイルを読みとることができる。たとえば、女性の顔は、卵を上下逆にした形のうりざね顔で、額は広く、顎はとがっており、ふくれ気味の下まぶたの上にははっきりと眼球が描かれている。そして、首には数本の皺が刻まれる。テスタールは、聖母マリアを描くたびに、あるいは、オデュセウスの妻ペネロペを描くとき、また、他の女性をアップで描く場合にも、生涯を通じてほぼつねにこの描き方をつらぬいており、彼の描く女性はほかの画家の描いた女性とはっきり区別できる特徴をしめしている。*13

とはいえ、このことをもって、彼の画風には進展が見られないと考えるべきではなかろう。そもそも、一五世紀フランスの（挿絵）画家が芸術的な技法上の革新を意識していたかどうか、そのような大問題について筆者は論じる資格をもたないが、ことテスタールにかんするかぎり、彼がめざしていたのは、既存の技術や価値観をのりこえようとする芸術家としての仕事ではなく、できるかぎりおなじクオリティーの作品を確実に制作することを趣旨とする仕事だったはずである。

わたしたちは、『世界の自然と驚異の謎について』の「アフリカ」の章にあてられた挿絵において、テスタールが注釈的な絵を、律儀に描いているのをすでに見た。ここでは、彼のそうした職人的な仕事ぶりを、より明確に伝える例を挙げてみたい。

こんにち、絵画のマーケットで、テスタールの作品の一部が流通している。ためしに、インターネットで「ロビネ・テスタール」を検索してみてほしい。絵画の複製やポスターをネット通販しているサイトで、テスタールの作品が多数販売されているのがわかるだろう。それらはすべて、マテウス・プラテリウス（生没年不詳）が一二世紀にラテン語で著した『本草学鑑』のフランス語訳（*Livres de simples medecines*）にテスタールがほどこした挿絵である。マテウスは、サレルノ学派の医学者であったとされる。イタリアのアマルフィ海岸からほど近いところに位置するサレルノには、中世ヨーロッパ最古の医学校が置かれ、その権威はヨーロッパの隅々まで行きわたっていた。この書は、古代ローマのディオスクリデスによって書かれた西洋版『本草綱目』ともいうべき『薬物誌』を主要な典拠とし、アルファベット順に薬効のあるとされる草木や果実を挙げ、それぞれについてどんな外見をしているか、薬として利用するためにはどのような処理をほどこしたらよいか、そして、どのように処方すべきかを説いている。

このテキストについては、すでに一二世紀後半あるいは一三世紀前半に書かれたとされる、ロンドンの大英図書館ハーレイ写本二七〇番写本が残っている。しかし、この写本には挿絵が描かれていない。ほかには、おなじく大英図書館所蔵のエガートン写本七四七番にも、マテウスのこの仏訳がおさめられている。一三世紀後半から一四世紀初頭にかけてつくられた写本で、こちらには無名画家による多くの挿絵が見られ、そのすべては大英図書館のホームページで閲覧することができる。ロビネ・テスタールが挿絵を担当しているのは、サンクトペテルブルクのロシア国立図書館に所蔵されているフランス語写本FvⅥ1番である。この写本の挿絵は、数点がインターネットにアップされている。そのうちのひとつには、スズランの一種であるアマドコロ属の草花と赤いバラが写され、その深紅のバラにかぶせるように、一羽の黒蝶が翼をひろげて舞っているさまが描かれている。細密かつ美麗と形容するにふさわしい図画で、とりわけバラの赤や蝶の黒における色のグラデュエーションがすばらしい。このほか、インターネット上で見ることのできる、蘭やケマンソウ、サクランボウの樹やヘーゼルナッツのなっている樹木などを見ると、本邦戦前の植物学者、牧野富太郎博士による精確で美しい植物図を思い出す向きも多いはずだ。テスタールの作も、牧野博士の作と同様、自然の妙をみごとに写しとっている。どちらにも、素材に劇的演出をほどこして芸術的な作品に仕上げようとする意図は見えず、描く対象を可能なかぎり忠実に再現しようとする、職人的なこころざしと、それを実現せしめるだけの熟練の技が共通している。

テスタールは、長きにわたった画業で多くの作品を残した。ときにはシャルル・ドルレアンの父で

マテウス・プラテリウス『薬物誌』（サンクトペテルブルク　ロシア国立図書館フランス語写本F. v. Ⅵ, f. 1）14世紀、ロビネ・テスタールによる挿絵。
https://commons.wikimedia.org/wiki/Category:Livre_des_simples_m%C3%A9decines_de_Matthaeus_Platearius_-_Russian_NL_fr._F.v.VI,1?uselang=fr#/media/File:Robinet_Testard30.jpg（2016年10月1日閲覧）

あるアングレーム伯ジャン・ドルレアン（一四〇〇―一四六七年）が所蔵していた写本に挿絵をほどこすこともあった。挿絵が描かれないで空白のままだった写本を完成させたり、あるいは新しい挿絵を描くことによって一世代まえの写本をいわば「改訂」したりしたものである。

ロビネ・テスタールによる『ヘラクレイオス帝史』挿絵

そのなかには、本書第一章であつかった『ヘラクレイオス帝史』もある。パリ、フランス国立図書館所蔵フランス語写本二八二四番がそれである。ギヨームの『海外史』のフランス語訳に一二三一年までのフランス語年代記が続篇としてつけくわえられているこの写本は、一三〇〇年頃、北フランスのフランドル地方で作製されたものと推定されているが、どのような経緯でジャン・ドルレアンの書庫に落ちついたのか、それ以前の来歴については詳らかにされていない。例によってガリカ Gallica でながめてみると、各葉二列で、全一九一葉からなるこの写本には、ところどころに一列幅の挿絵が描かれている。いずれも背景に金箔の使われた豪華なものである。絵のスタイルからしてテキストと同時代、すなわち一三〇〇年頃に描かれたものであろう。

それに対して、第一葉のテキスト冒頭には、二列分の幅を使い、ページのおよそ半分を占める大ぶりの挿絵が置かれている。写本の扉絵ともいうべきこの一点こそ、シャルル・ドルレアンがロビネ・テスタールに命じて描かせたものである。今度は、戦いの絵図を観察することによって、テスタールの技量を確かめてみたい。

まず、一見して把握できる全体の構図と配色から見てみよう。画面を、丘の稜線に相当する、左下から右上への対角線によって二分割する。左手には白をベースに、屋根部分を青で塗った城塞都市を置く。そして右手に、緑の丘をそびえさせ、丘陵をオレンジや赤の出で立ちで装い、同系色の武器を手にした兵士たちで覆う。挿絵全体の構成は、フレームである縦と横を基本としている。この基本的構成を強調するように、一方で、建造物の垂直の線と、両軍兵士が立てた槍、さらに、非現実的といえるほど垂直を意識して描かれた兵士の体幹や軍馬のつくる前脚の縦の線、他方で、双方が敵に向けて突き刺した槍と弓矢の射手のまっすぐ水平にのばした腕、それらが横の線を形成する。縦の線と横の線の描き出すX軸とY軸に対して奥行きをあたえているのが、Z軸、つまり前述した対角線が見せる斜めの線である。

『ヘラクレイオス帝史』（パリ　フランス国立図書館フランス語写本2824番、f. 1r）14世紀、ロビネ・テスタールによる挿絵。
©（https://commons.wikimedia.org/wiki/Category:Biblioth%C3%A8que_Nationale_MS_Fr._2824：2016年10月1日閲覧）

くわえて、画面のちょうど中央には、片方の軍の兵士ふたりのうちひとりが白い馬、もうひとりが赤錆色の馬にまたがり、正面を向いてならんでいる。それぞれが柄の部分に軍旗をかかげた信号ラッパを下向きに吹いている。二本のラッパの柄は三角形の等辺をなしており、色、形ともに左右対称のうつくしい二等辺三角形が実現されている。見る者に縦、横、斜めをたくみに意識させ、中央に三角形を配するなど、構図としては間然するところがない。

　では、テスタールはこの挿絵で何の合戦を描いているのだろうか。挿絵につづく写本テキストを読んでみることにしよう。

古今東西の歴史のつたえるところによれば、ローマ帝国のヘラクレイオス帝の御代、悪魔から生まれ、全能の神の預言者と騙ったマホメットの教えは、アラブをはじめ東方の国々の人々を惑わしていた。他方、ローマ帝国は辺境各地で衰退の一途をたどっていた。そこで、マホメットの後継者たちは布教によらず、剣によってイスラム教を押しつけようとした。ペルシャ遠征に勝利し、聖十字架を奪還したヘラクレイオス帝は、シリアにとどまった。帝は、エルサレム司教のモデストゥスに対し、ホスロー一世によって破壊された教会をどのようなことをしても再建するように命じた。

このように、二三巻におよぶ大著は、ビザンチン帝国皇帝ヘラクレイオス帝（六一〇―六四一年）のササン朝ペルシャ帝国に対する勝利を象徴する聖十字架の奪還によって幕を開ける。いうまでもなく聖十字架は、イエス・キリストがみずからゴルゴダの丘を運び上げ、磔刑に処せられた十字架のことで、キリスト教にとってもっとも重要な聖遺物のひとつである。ヘラクレイオスは即位してから劣勢を強いられていたササン朝に対し、六二二年から親征に打って出た。その勝利を決定づけることになったのが、六二八年、旧アッシリア帝国の首都が置かれていたこともあるニネヴェの廃墟跡における会戦である。そして、テスタールはその一場面を口絵として選んでいるのである。

もう一度、挿絵にもどってみよう。

右から左に攻めている兵士の背には十字架が見える。彼らキリスト教軍の手前の騎士が手にする盾、あるいは捧げもつ軍旗や中央の二本の信号ラッパには、ビザンチン帝国の紋章である黄色の地に黒の双頭の鷲がはっきりと見える。手前の白と黒、二頭の軍馬にも注目したい。このように重装備させた軍馬で突進する重装甲の騎兵をカタフラクトといい、この時代のビザンチン帝国の軍隊でもササン朝軍でも使われたものである。他方、ラッパ手の装束や大砲、大弓には中世末期からルネサンス初期にかけての流行が写されており、時代錯誤が見うけられる。

ところで、おなじ戦いをテーマにした絵画が約半世紀まえにイタリアで描かれている。イタリア初期ルネサンスを代表する画家のひとりで、「キリストの洗礼」（一四五〇年頃、ロンドン・ナショナルギャラリー所蔵）でつとに有名な、ピエロ・デッラ・フランチェスカ（一四一二―一四九二年）による「ヘラクレイオス帝とホスロー二世の戦い」だ。この作品は、イタリア中部トスカーナ地方に位置するアレッツォの聖フランチェスカ聖堂内陣の壁面に、ピエロ・デッラ・フランチェスカが一四五二年から六六年にかけて「聖十字架の伝説」のテーマのもと描いた、一二作品からなる一連のフレスコ画（壁に漆喰を塗ったうえから顔料で絵を描き、乾燥を待って定着させる技法）のうちのひとつである。これは、一三世紀にジェノワのフランシスコ会修道士のヤコブス・デ・ウォラギネがキリスト教伝説を編纂した『黄金伝説』から、第六四章の「聖十字架の発見」と第一二九章「聖十字架称賛」を一二コマの絵に表したものである。[*14] 後者には、六一四年にホスロー二世がエルサレムを攻撃したさいに奪いとられた聖十字架が、六二八年にヘラクレイオス帝によって奪還されたこと、そして、キリスト教改宗を拒否したホスローが斬首されたことが語られている。もちろん、「ヘラクレイオス帝とホスロー二世の戦い」

ピエロ・デッラ・フランチェスカ「ヘラクレイオス帝とホスロー2世の戦い」1452-1466年、フレスコ、アレッツォ、サン・フランチェスカ聖堂。https://upload.wikimedia.org/wikipedia/commons/9/93/Piero_della_Francesca_021.jpg（2016年10月1日閲覧）

は異教徒からの聖十字架奪還を記念し、さらに後世の十字軍の予兆となるエピソードとして描かれているのである。

祭壇の後方の壁に三・五×七・五メートルの大きさで描き出されたこの作品は、一五世紀なかばのイタリア美術の到達点のひとつといえる。内陣に太陽光が差しこんだときの効果を計算しつくした美しい色彩で描き出されているのは、阿鼻叫喚の地獄絵だ。いたるところで血みどろの切り合いが展開され、地べたには死体（の一部）が転がっている。両軍兵士の表情はけっして一様になることはなく、恐怖に染まった目の表情も個別的である。あまりにも双方入り乱れすぎていて、兵士たちを観察してもどちらが優勢なのかは判断がつかない。ピエロ・デッラ・フランチェスカは、それを両軍の軍旗の状態でしめしてみせる。ビザンチン軍の旗はまっすぐ掲げられているのに対し、ペルシャ軍の旗は、一本は真ん中が破れ、三日月の描かれたもう一本は地に落ちようとしている。

このフレスコ画をテスタールの挿絵とくらべてみると、

画面の中央に三角構図を――しかもおなじように白馬と褐色あるいは錆色の馬の二頭によって――もちいている点は共通しているが、テスタールがZ軸をはっきりとしめして画面に奥行きをあたえているのに対し、ピエロ・デッラ・フランチェスカの作品には奥行きを示唆する要素がほとんどない。縦の軸は、原則として縦の線で描かれた人物たちと、まっすぐ立てられた四本の軍旗、そして、向かって右端に描かれた輿の支柱とそこに載せられた十字架によって明示されている。横軸をつくるのは、ちょうど画面の中央を水平に貫くように描かれている、激突する兵士たちの頭を結んでできる線である。他方、奥行きについて、画家は見る者がこれを意識しないように描いていると考えるべきだろう。ビザンチン軍とペルシャ軍は密集した状態で戦っている。会戦というよりも混戦というほうがふさわしい。縦と横だけのあえて平面的な構図によって群集表現の効果を出すのは、ピエロ・デッラ・フランチェスカよりもおよそ一世紀半まえ、ジョット（一二六六―一三三七年）が描いた、かの「ユダの接吻」（一三〇五年頃、パドヴァ、スクロヴェーニ礼拝堂）と同様の手法である。ピエロが遠近法を自家薬籠中のものとしていたことは、おなじ聖フランチェスカ聖堂に描かれた「聖十字架の伝説」中の、たとえば「聖十字架の称揚」を見ればあきらかである。つまり、ジョットやピエロは、対決する両陣営を密集させて描くことにより、膨大なエネルギーの集結を強調してみせる。それに対して、テスタールの挿絵は、広大な草原でくり広げられている戦闘を丘のふもとから見上げる構図で描くことによって、キリスト教世界と異教世界の激突のより強く印象づけようとしているといえるだろう。まさに、十字軍史という、二大文明の衝突の歴史を語る書の、浩瀚な写本の巻頭をかざるにふさわしい口絵である。

テスタールの画風は、一見して、古い。中世後期のゴシックとイタリアン・ルネサンスの端境期にあって、色の使い方や遠近法の援用、さらに描かれている風俗についてはルネサンスに分類できる傾向を見せているが、人物ならびに事物の輪郭の描き方は、まさに中世である。

テスタールによるピグマリオンの挿絵

ところで、『薔薇物語』オックスフォード大学ボードレアン図書館所蔵ドウス写本一九五番におけるテスタールによる挿絵について、とくに注目したいことがある。ピグマリオンの伝説に九枚もの挿絵が費やされているのである。

まず、一四九葉の表面に、横に置かれた平たい直方体の材料に向かい、つばなしの職人帽をかぶり、腰からエプロンを下げたピグマリオンが、かがみこむようにして小づちと鑿をふるっている。ここでのピグマリオンは、まったく王様に見えない。あきらかに職人の風貌である。鑿をあてている材料の表面には、像が浮き彫りの状態になっている。ヨーロッパの墓彫刻を思わせる。

一見すると、地面に横たわるというポーズはこの像に命のないことを反映し、のちのウェヌスによる生命賦与の予兆となる役目をはたしているかのようだが、じつはそうでない。中世美術史家アーウィン・パノフスキーらによると、墓彫刻の像はしばしば目を開き、生きているような身振りをしている。そして、このような像が表現しているのは死ではなく、生への回帰、すなわち復活だという。だとすれば、テスタールのねらいも、やがてこの像に命が宿ることをあらかじめしめすことにあったといえるだろう。

第二の挿絵は、一つ目の挿絵と同じページに描かれており、ここでのピグマリオンの出で立ちは一つ目とまったくおなじだ。変わっているのは、ピグマリオンも彫像も立っていることである。つまり、第一の挿絵が横構図だったのに対し、第二は縦構図を取っている。おなじページ上に置かれているので、縦と横のコントラストが際立つ。

さて、テスタールはここで、立像とした女性像にいわゆる「コントラポスト」のポーズをとらせ、S字曲線を表現したヌード画を描いている。ここでピグマリオンが彫り上げた像じたいも、このポーズによって動性を獲得し、いまにも動き出そうなほどの出来栄えに仕上がっている。それでこそ、かたわらで小づちを片手に、もう片方の手で頭をかかえているピグマリオンの表情も理解ができる。この挿絵に添えられた赤字の断り書きは、「いかにピグマリオンは彫像の美に驚嘆したか」といっている。さらに、彫像は両手に布を掛け、それによって秘所を隠し、美術史で「つつしみのヴィーナス」あるいは「恥じらいのウェヌス」と呼ばれるポーズをとっている。ヘレニズム時代のウェヌス像からヨーロッパ美術に連綿と受け継がれてきたポージングで、多くは裸体の胸あるいは腰を手で覆い隠している。このポーズは、この写本とほぼ同時代にイタリアで描かれた、ボッティチェリの『ヴィーナス誕生』に代表される同テーマのルネサンス絵画が継承した。

二番目の挿絵と一四九葉の裏面に描かれた三番目の挿絵とでちがっているのは、ピグマリオンのポーズだけで、工房の様子や彫像はまったくおなじである。ここでピグマリオンは、両脚を前後に開くようにしてひざまずき、胸の前で両手を合わせて拝んでいる。はぼ正方形のフレームのなかのちょうど中心部分に、ピグマリオンが合わせた手が配置されるように描かれており、祈りの場面であることが強調されている。ただし、神に対して像への生命賦与を祈願している場面かと思いきや、赤字の断り書きには「ピグマリオンはいかにして彫像に慈悲を願ったか」と書かれている。なるほど、彼のまなざしは天ではなく、彫像に向けられている。ほほえましいのは、帽子を脱いだピグマリオンの頭部だ。左右の側頭部にはふさふさとした髪が伸びているが、頭のてっぺんは禿げ上がっており、あとは額のうえにわずかばかりの毛髪が認められるだけである。写実的すぎるともいえるこのピグマリオン像には、テスタール自身の自画像を見ることができる。

一五〇葉の表にある第四の挿絵では、場面転換がなされている。テキストでいうと、ピグマリオンが像を着飾らせているエピソードに相当する。赤字の断り書きも、「ピグマリオンはどのように彼女を着飾らせたか」となっている。テキストでは――『変身物語』でも『薔薇物語』でも――場所の移動について言及はないが、挿絵ではここで舞台が換わる。工房を離れ、ピグマリオンの居室とおぼしき部屋があらたな舞台になる。そこには炎の燃えさかる暖炉があり、そのまえには、インナーキャップをかぶり、裾の広いドレスを身につけさせられた彫像が立っている。脇のテーブルには、ドレスの腰の部分に締めるベルトとインナーキャップの上に載せるための帽子が置かれている。

ピグマリオンは、これまでとはまったくの別人のようだ。もはや職人の身なりではなく、この絵が描かれた当時流行していた、ゆとりのある袖の胴衣を細い紐でしばって着用している。帽子も、おなじ縁なしとはいえ職人の作業帽ではなく、次世紀初頭に「バレッティーノ」とよばれることになる底の浅い小さめの帽子をかぶっている。脚にはぴっちりした黒いタイツを履き、左脚は膝をつき、右足を立てて寄り添い、彫像に着せたドレスの前を、胸から腰にかけて縦方向に縫っている。この時代にはまだボタンがなかった。服の前部分も袖部分も、着用時に縫い合わせ、脱衣時に糸を解いていた。しかしながら、ここでのピグマリオンの描かれかたは、当時のそのような習慣を図像化することを目的としているのではないようだ。すでにテキストの記述に見たように、ピグマリオンが裁縫の名手でもあったことを描いているのだ。その証拠に、ピグマリオンはここでは嬉々としてその行為に耽っている。左腕は肘を直角に曲げて上方から服の割れ目に伸ばし、その親指と人差し指の指先で縫い目をつまむようにして押さえ、右手の指では針を持っている。針から縫い目にかけては、真っ白い糸が一本はっきりと張っている。いかにもエロティックな行為である。

ピグマリオンが着飾らせた彫像に対してしめした愛情表現のひとつが、五番目の挿絵のテーマになる。オウィディウスのバージョンでも、ジャン・ド・マンのバージョンでも、ピグマリオンはさまざまな楽器を演奏し、彫像に対して音楽の贈り物にいそしむ。この場面を絵画化するにあたり、テスタールはピグマリオンが竪琴を弾く様子を選んだ。ピグマリオンはテーブルの前のベンチに腰かけ、テーブル上に載せた竪琴を奏で、振り向いて背後の彫像の顔を見やっている。彼女のいでたちは四番目の挿絵でピグマリオンが用意していた衣装そのままだが、貴婦人用の天幕つき椅子に腰かけている彫像の姿勢は、これまでの立ったポーズとはあきらかに変わっている。

この挿絵でもうひとつ目につく変化がある。ほかならぬピグマリオンの顔である。これまでとは異なり、いかにも若々しい。目鼻立ちはひと目で若者のそれとわかるし、何よりも髪の毛がふさふさになっている。職人風の風体から、みやびな青年への変身である。華麗な楽曲を奏でるのにふさわしいイメージに変えられていると同時に、このあとのシーンの展開に適した雰囲気をつくりだしている。つまり、ここから新しい物語がはじまるともいえる。

「ピグマリオンはいかにして彼女をベッドに寝かせるか」という断り書きが添えられた六番目の挿絵は、当時のひとびとをおどろかせたことだろう。画面の大半を占める真っ赤なベッドの上に、彫像が寝かされている。上半身は裸で、三番目の挿絵のときとおなじく、小ぶりの乳房を露わにし、そして額の真ん中から左右に分けた金髪をベッドの掛布の上に置いている。下半身は白い布でくるまれている。この布は、色といい形状といい、死体を埋葬するさいに使われる白布を連想させる。ここでもテスタールは、死のイメージを喚起することにより、このあと彫像が生を授かるエピソードを、より劇的なものにしていると思われる。さらに、生の色である赤のうえに死の色である白を載せることにより、死が生に染まっていく予兆としている。もちろん、このような配色、つまり裸体ならびに布の白とベッドの赤の強いコントラストは、多くの挿絵のなかでもこの作品をとりわけ精彩あるものとしているといえるだろう。

そして、腹から腰にかけての部位が見えないのは、ちょうどそのあたりにピグマリオンの上半身が傾いているからである。ふたたび職人風の衣装を身にまとってエプロンをかけたピグマリオンは、左腕を裸像の背中にめぐらして抱きかかえるような姿勢をとり、そして顔を裸の胸に近づけている。むしろ、乳房に口づけしようとしているようだ。この挿絵は、彼がこの女性像にほどこした性的なふるまいを、文学写本の挿絵としてぎりぎりのところまでイメージ化、具現化したものといえるだろう。さらにもうひとつ、見のがすことができないのは、このシーンではじめて彫像が目を閉じていることである。もちろんこれは、ピグマリオンが像を愛撫したと語るテキストを反映している。このように読み解いてみると、この六番目の挿絵のエロティシズムの濃厚さがあきらかになる。

九枚の挿絵のなかで、唯一ピグマリオンだけが登場するのが第七の挿絵である。ここではフードつきの上着を着たピグマリオンが、三段からなる祭壇のまえにひざまずき、脱いだ帽子をひざ元に置き、両腕を胸のまえに組み合わせて祈りをささげている。祭壇のうえには一枚の絵が飾られている。そこには横にならんだ三人の女性が描かれている。ボッティチェッリの「プリマヴェーラ（春）」やラファエッロの「三美神」、またルーベンスの同名の作品などでもお馴染みの、ユーノー、ミネルヴァ、そしてウェヌスを描いたものとかんがえるべきだろう。この絵は九番目の挿絵にも登場する。

そして八枚目の挿絵には、女神たちによって彼の祈りがききとどけられ、彫像に生命が賦与された瞬間が切り取られている。首飾りを身につけてドレスをまとった彫像は、いまや女性となり、裾をつまみあげた右手を腰の位置で左腕と交差させ、伏し目がちなまなざしをピグマリオンに注いでいる。そのピグマリオンは、顔のまえで両手を拍手するように手を広げておどろきと喜びを表現している。

祭壇のまえで、手を合わせたピグマリオンと恋人がともにひざまずいて司祭から祝福を受けている模様を描いているのが最後の挿絵だ。ここでは、祭壇に祀られた三美神の絵がはっきりと確認できる。ピグマリオンは、合わせた両手の親指を顎につけて感謝の祈りをささげている。彼がこちらに真横を見せて司祭をまっすぐに見つめている一方、彼の後方にあって胸のまえで手を合わせている妻は、こちらに対して正面を見せて顔をやや横に向け、美術史にいう「四分の三正面」の肖像画で司祭を斜めに見遣っている。その描き方の効果により、彼女はいまにも動き出しそうだ。彼女が「生きている」ことを表現するために、テスタールが計算しつくした構図といえるだろう。

3　失われた挿絵を求めて

「はじめに」で書いたように、わたしは専修大学が生田校舎の図書館に所蔵している『薔薇物語』の写本二点について調査している。ここではその写本について述べてみたい。

ただし、ここではテキスト（本文）の研究はおこなわない。[*15] 挿絵について話をしてみたい。といっても、完本である第三番（一五世紀、紙製）に、挿絵は皆無である。これははっきりしている。他方、一四世紀なかば、羊皮紙製の第二番であるが、これにも挿絵は見あたらない。しかしこの写本には、かつて挿絵があったと思われる。

なお、両写本とも、例によって『薔薇物語』デジタルライブラリー http://romandelarose.org/App.html#home で画像を見ることができるほか、専修大学も電子画像を公開している www.senshu-u.ac.jp/socio/ms_anglo/KmView/MS_02/kmview.html, www.senshu-u.ac.jp/socio/ms_anglo/KmView/MS_03/kmview.html ので、それも参照願いたい。[*16]

「断片集」

まず、写本の概要をかんたんに紹介しておこう。

現状の装丁は、一九世紀のものと推定されるあずき色の革装（モロッコ装）である。一ページは、縦二三〇×横一六五ミリメートル。各ページに、二八～三〇行の本文が二列ずつ配置されている。テキスト部分が占めるのは縦およそ一八〇×横一三〇ミリメートル、ページ下部の余白（四五～五〇ミリメートル）は、つねに上部余白（約二〇ミリメートル）の倍以上の寸法だ。

本文は、複数の写字生により、丁寧なゴシック体で記されている。羊皮紙は上質とはいえない。裏面が透けて見えるほど薄いこともある。また、破損のひどい部分もあり、こうしたことが原因となって判読が困難な場合もある。

高さ二行分、幅二～三字分の大きさの飾り文字が、黒の縁どりには赤の彩色で、赤の縁どりには青の彩色で、頭文字として交互に使用されている。また、発言者の名前が赤インクによって紹介されている。

また、『薔薇物語』の分量は、標準的なバージョンでは二二〇〇〇行弱を数える。ところが、この写本ではあちこちに脱落したページがあり、全体の約半分にあたる一二〇〇〇行だけが残り、半分が散逸している。つまり、「断片集」である。このうち、第一葉にあたる一〇九行分だけがギヨーム・ド・ロリス作とされる前篇で、残りはすべてジャン・ド・マンの後篇である。また、第四一葉と第四二葉、第四三葉と第四四葉のあいだに大規模な欠落がある。そして、残った箇所の写本の状態や、失われてしまった部分の行数を推定してみると、もともとこの写本には挿絵が存在していた可能性が指摘できるのである。

挿絵喪失の可能性

さて、どこが残って、どこがなくなっているかを推定するには、なにもなくなっていない状態の、いわばお手本が必要である。『薔薇物語』の研究では、現存する写本のなかで最古とされるパリのフランス国立図書館フランス語写本一五七三番（一三世紀後半）を底本とする、フェリックス・ルコワによる校訂（Guillaume de Lorris et Jean de Meun, *Le roman de la Rose*, 3 vol. éd. F. Lecoy, Champion, Paris,1965-1970, Les classiques français du Moyen Âge.）を基準にするのが一般的である。篠田勝英訳もこの校訂本に拠っている。

じっさい、残存箇所の本文をルコワ版と比較してみたところ、おおむね一致していた。以下に根拠とする行数は、このルコワ版の行数である。

前提として、ルコワ版を基準としたときに、どこが残っているのか、残っている行数とともに確認しておこう。

・第一葉　三五三二―三六四一行（計一〇九行）
・第二葉　四〇三四―四一五五行（計一二一行）
・第三葉―第一四葉　四二五四―五六〇四行（計一三四〇行）
・第一五葉―第四一葉　五七〇三―八七八九行（計三〇八六行）
・第四二葉―第四三葉　九二四一―九四六二行（計二二一行）
・第四四葉―第一〇四葉　一二〇六〇―一九一一六行（計七〇五六行）

・第一〇五葉　一九二三一―一九三四六行（計一一五行）

まず、断片として残っている部分から推定できる挿絵の可能性についてかんがえてみよう。有力な証拠をしめせるケースだ。

第一に、第一一葉、裏面の左列中段に、鋭利な刃物によると思われる一二行分の切り取り跡がある。その前後のテキストが連続していることにくわえ、切断後に残された飾り文字の彩色が、青と赤だけでなく他所には見られない金色でなされていることからも、ここに挿絵が描かれていたことはまちがいなかろう。

第二に、第二葉の裏面、右列の最終行と第三葉、表の左列の第一行とのあいだには、九八行が欠落しており、これら二葉（いずれも一列に二九行を収録）のあいだに存在していた一葉が欠落しているとかんがえられる。ところが、九八行という行数は三列（二九行×三＝八七行）と一一行にしか相当せず、一八行分が余る計算になる。たしかにこのシーンは登場人物の交替が多く、人物紹介に費やされる赤インクによる断り書きに行数がかさむことも推測される。しかし、仮にそれらに七～八行を割いたとしても、なお一〇～一一行が残ることになる。これは彩色画を挿入するのに適当なスペースである。また、ここに挿絵が存在していたからこそ、この一葉全体が取り除かれたのだとも考えられよう。第一の挿絵の可能性として上に挙げた第一一葉裏面の挿絵は、ページの外側である右列に位置していたために画の部分だけの切断が可能だったのに対し、ここ第二の挿絵はページ内側の左列にあったためにハサミで（?）切り取ることがむずかしく、一葉まるごと写本から剥がされてしまったとかんがえられるのである。

これらふたつの挿絵については、残存部分に確認できる痕跡からの推測で、いわば確証のある議論だったのに対し、以下の議論は、湮滅した部分から、そこに存在したかもしれない挿絵の可能性をさぐるものである。

第一葉と第二葉のあいだには、ルコワ版でいえば、三六四二行から四〇三三行までの三九二行分が欠落している。

さて、ここで考えておかなければならないのは、この欠落部分には前篇と後篇の「切れ目」がふくまれているということだ。ただし、話がややこしくなるのは、前篇後篇の連結部分のしめし方は写本によってまちまちだからである。たとえば、フランス国立図書館フランス語写本一二五九五番では、第三二葉、裏の四行目で前篇が終わるが、そのつぎの行から三行を費やして、「ここでギヨーム・ド・ロリス師がこの書について書いたことが終わり、ジャン・クロピネル師が書いたことがはじまる。」（ジャン・ド・マンの名前をジャン・クロピネルとする写本もある）という赤字の断り書きが挿入されたのち、次行から後篇がはじまっている。また、パリ・アルスナル図書館写本三三三八番は、前篇の最終行につづいて一三行分の挿絵を入れている。この挿絵には、ジャン・ド・マンとおぼしき人物が書架に向かって執筆している模様が描かれている。そして、この連結部分にジャンとおぼしき人物が執筆している模様が挿絵として挿入されることは、めずらしくない。一方で、ルコワ版の底写本であるフランス国立図書館フランス語写本一五七三番は、前篇が三八葉目の裏、左列一六行目で終わり、後篇は三九葉目の表、左列冒頭からあらたにはじまっている。つまり、第三八葉の一列半が空白になっており、これによって視覚的にはっきりと前篇と後篇の区切りがつくようになっているのである。

では、専修二番写本にもどってみよう。すでに見たように、第一葉は（前篇の）三六四一行で終わり、第二葉は（後篇の）四〇三四行から再開しています。ルコワ版では後篇は四〇二九行からはじまっており、これを基準とすれば、後篇冒頭四〇二九―三三行の計五行が、失われた前のページの右列の下から五行のスペースに記されていたことになる。たしかに、その直前に挿絵が存在していた可能性は否定できないが、そのスペースとて一〇〜一一行程度だということをかんがえれば、すくなくとももこの列には前篇の最後の一五行か、挿絵がなかったとすれば二四行分のテキストが書かれてことになる。二〜三行の断り書きの可能性も残るが、それでも列の三分の一はテキストで埋まっていたことになる。つまり、この写本は、フランス国立図書館フランス語写本一五七三番のような、前後篇の明確な区別を設けないタイプだったということだ。

さて、そうすると、この写本は現存の第一葉と第二葉のあいだに、各葉、各列ともびっしり詰まった数葉をもっていたことになる。欠損している行数は、計三九二行である。第一葉も第二葉も一列二九行なので、このあいだに存在していた部分も同様であったとかんがえるのが適当だろう。そうすると、一葉は一一六行ということになるので、三葉プラス四四行、つまり、四葉目のうち七二行分が余る計算になる。では、この七二行をなにが埋めていたのだろうか。

前篇の終末部にあたるこの箇所では、〈羞恥〉、〈小心〉、〈拒絶〉、そして〈嫉妬〉が入れかわり立ちかわり発言するので、彼らのセリフを導入するための赤字による断り書きが多用されるのは不思議ではない。しかし、それにしても七二行は必要ない。だとすれば、このほかにスペースをとるものとしては、まず挿絵がかんがえられるだろう。

じっさい、この部分には、多くの写本で挿絵の対象となっている二つの場面が立てつづけにあらわれる。ひとつは、〈小心〉と〈羞恥〉が居眠りをしていた〈拒絶〉を起こす(あるいは話しかける)シーンで、『薔薇物語』デジタルライブラリーは計一八写本を報告している。また、「〈嫉妬〉城の築城」の場面も多くの写本が挿絵にしており、完成した城の塔に「幽閉された〈歓待〉」も挿絵としては区別がつかないとかんがえれば、両者あわせてやはり一八点を数える。そして、この範囲でもっとも多くの挿絵が残っているのが、前述の「著者(ジャン・ド・マン)の肖像」だ。じつに、二五写本において前後篇のつなぎ目に置かれています。それ以外にも、この箇所は物語が一気に動くところであるため、個々の挿絵の頻度は少ないものの、さまざまな場面が挿絵の対象になっている。専修二番写本の場合、ひとつの挿絵にテキスト一〇ないし一一行分のスペースが費やされるとして、七二行のスペースにいったいいくつの挿絵が描かれていたのだろうか。赤インクのテキスト部分を差し引いても五〇行以上が残るとかんがえて、五つはあったのではないか…　あくまでも推定の域を出ないが、そうかんがえれば、この部分がまとめて失われていることが腑に落ちるというものだ。挿絵の点在している四葉から、絵の部分だけを切り取ったのではなく、四枚の羊皮紙ごと切り取ったとかんがえるのは、的はずれとはいえないだろう。

とはいえ、挿絵の存在ではなく、この空白を説明する可能性がもうひとつ挙げらる。『薔薇物語』の写本研究の礎を築いたエルネスト・ラングロワによれば、前篇最終行のあとに七〇行以上のいわばエピローグ（ラングロワは「結論」といっている）の加筆されている写本が七つあるということだ。ラングロワは、前篇の最終行にほどこした註に、かつてバイエルンのマイヒンゲンにあったエッティンゲン＝ヴァラーシュタイン伯家の私立図書館が所有していた写本から、問題の七八行を収録している。[*17]この加筆テキストでは、前篇の後半で主人公をなぐさめるために神につかわされた〈憐憫〉が、〈美〉と〈歓待〉、〈礼節〉、〈優しい姿〉、そして〈純真〉をともない、ふたたび主人公を勇気づけるために駆けつけてくる。彼女たちは、塔に閉じ込められていたのだが、〈嫉妬〉が眠りこけている隙をついて〈愛神〉が塔の鍵を開けてくれ、さらに〈中傷〉と〈小心〉の見張りの目をかいくぐってやってきてくれたのだ。それだけであれば、ギヨームの前篇にせよ、ジャン・ド・マンの後篇にせよ、原作にとって重要な意味をもつ加筆にはならないはずだが、ここでこの正体不明の加筆者は、原作に大胆な異本をつけくわえる。翻訳には訳出されていないところなので、部分的に訳出してみよう（ただし、ラングロワの校訂の句読点の打ち方を、部分的に修正している）。

〈美〉の奥方は、うるわしき蕾をわたしにこっそりと渡した。わたしはよろこんで、自分のものであるかのようにそれを手にした。蕾はまったく逆らわなかった。わたしたちは歓びに身をまかせた。いきいきとした草とうつくしい薔薇の花々がわたしたちのベッドだった。そのうえで、わたしたちはキスを浴びせ合った。一晩中、わたしたちは歓びと安らぎにつつまれた。（ラングロワ校訂本第二巻、二三二ページ、四〇—五〇行）

そして、夜明けとともに、蕾は〈美〉に引き取られ、主人公を力づけに来てくれた一行とともに塔へと去っていく。この異本が注目に値する点というのは、主人公と薔薇の蕾が、悦楽の園で運命の恋に落ちたあと、あらためて会っていることだ。原作では、〈歓待〉の幽閉によっていったん引き離されたあと、「わたし」と蕾がふたたび相見えるのは、まさに作品の最後、ついに両者が再会し、さらに結ばれるシーンにおいてである。それによって、ギヨーム・ド・ロリス作中の「ひと目ぼれ」からジャン・ド・マンによる結論まで、——登場人物たちの弁舌による脱線がいかに長くとも——物語としては、主人公の愛の成就に向かって直線的に進んでいく印象をあたえることに成功している。それに対して、問題の加筆は、ふたりの再会の場面を前後篇の移行部にさらにひとつ増やすことによって、物語の緊張感をそこなう結果となっているのである。

もっとも、この加筆が原作にはなかった効果を挙げていることも指摘できる。ギヨームの物語において、〈愛の神〉の介入によって成立したこの愛は、主人公の薔薇の蕾に対する「ひと目ぼれ」だった。他方、この異本によれば、ふたりは相思相愛である。この一節を読んだ場合とそうでない場合とをくらべれば、わたしたちの後篇の読みかたがちがってくるといえるだろう。この恋は、もはや主人公の一方的な想いではなく、相手の〈蕾〉も恋人を待っているのだ。専修二番写本も、もしかしたらこの加筆部分をもっていたのかもしれない。

つぎに欠落しているのは、四一五六行から四二五三行の計九八行である。第二葉は一列二九行で計一一六行、第三葉も同様である。失われている一葉にも一一六行分のスペースがあったとかんがえれば、一八行分の余白ができる。挿絵の可能性を指摘できる。だが、どのような挿絵がありえただろう。

この箇所は、後篇がはじまって直後の場面である。前篇の終わりで、〈歓待〉を〈嫉妬〉の城に隔離されてしまった主人公は、絶望を口にしないではいられない。その嘆きが後篇冒頭にひきつがれ、自暴自棄のあまり死を覚悟し、遺言めいたことばまで発したところに、前篇で「愛は狂気。おやめなさい」と諭した〈理性〉が再登場する。

こうして心を苛む苦しみを嘆き、悲しみや心痛を癒してくれる医師をどこに求めていいかもわからずにいると、美しく感じのよい〈理性〉が、わたしのところにまっすぐやって来るのが見えた。わたしの嘆きを聞いて、塔から降りて来たのだ。（上巻、一八六ページ）

そしてこの場面こそ、『薔薇物語』後篇ので、もっとも多くの挿絵が描かれているところなのである。デジタル・ライブラリーの集計によると、〈理性〉が主人公に語りかける場面については、じつに二六写本が挿絵を入れているのである。挿絵の存在ゆえにこの一葉が切り取られたとかんがえていいだろう。

しかしながら、挿絵で埋めたとしても、あと七〜八行が余ることになる。とはいえ、この箇所では、〈私〉と〈理性〉とのやり取りが頻繁で、計七回、発言者が交代する。そのたびに、本写本の残存部分と同様、発言者の名前が赤インクでL'Amant（恋人）、そしてReson（Raison 理性）と明示する一行が挿入される。そうかんがえれば、この一葉の説明がつくであろう。

つづいて、五六〇六から五七〇二行が脱落している。九八行の欠落、つまり、検討したばかりの四一五六行から四二五三行と同じ事情を予想したくなるところだ。つまり、二行弱の空白をどのように埋めるか。

先に見たように、悲嘆に暮れている主人公のもとにやってきた〈理性〉は、三〇〇〇行におよぶ演説を通し、主人公に愛を捨てさせようとする。ただし、ここで〈理性〉がはっきりと反恋愛を唱えているのとわかるのは、冒頭の近くで、「愛とは、人間の種が維持されるために、〈自然〉が仕かけた策にほかならない」、つまり、いってしまえば恋愛とはセックスの促進剤だと発言している場面にかぎられる。それにつづく部分は、脱線につぐ脱線…　友情論、運命論、正義論などがつぎつぎに展開されていく。それらは、キケロの『老年論』と『友情論』、ボエティウスの『哲学の慰め』、スエトニウスの『十二皇帝伝』、ユウェナリス『風刺詩』をおもな典拠としながら、当代きっての知識人ジャン・ド・マンが博識を披露していく形をとっている。そして、最後は、主人公が断固として薔薇をあきらめないという宣言で、〈理性〉は去っていくのである。

このような〈理性〉による勧告のうち、正義を論じているくだりで、この世では縛り首になるべき輩が裁判官として縛り首を宣告する側にまわっていると悲憤慷慨したさい、アッピウスとウィルギニアをめぐる事件の紹介が紹介されており、この一部が欠落箇所に相当している。この場面について、ジャン・ド・マンは以下のように語っている。

かねてから高潔の士と名指され、名声を誇る騎士、すなわちウィルギニウスは、事の次第を聞き取ると、アッピウスに対して娘を守ることができず、力に屈して娘の身柄を恥辱に委ねざるをえないと悟るや、ティトゥス・リウィウスの言を信じるならば、途方もない決心をして、恥辱よりも不幸を選んだのでした。すなわち彼は露ほどの憎しみもなく、ただ愛ゆえに、ただちに美しきウィルギニアの首を切り落として、法廷を埋める全員の前で、判事にその首を差し出したのです。（上巻、二四〇ページ）

ところで、篠田訳の注で指摘されているように、リウィウスは「娘の胸を刺し貫いた」と語っているにすぎない。首を切り落として云々は、ジャンの劇的脚色である。しかしながら、美しき愛娘を斬首し、不埓な権力者にたいしてその首を差しかざす父というテーマは、絵になる。じっさい、六つの写本がこのシーンに挿絵をつけている。さらに、この直前、ウィルギニウスがアッピウスに娘を返してくれるように訴えている場面も四写本で挿絵の対象となっている。このうち、ワシントンのアメリカ議会図書館所蔵ローゼンウォルド文庫三九六番写本とニューヨークのモルガン・ライブラリー所蔵九四八番写本は、両方の場面を連続して挿絵にしている。しかし、前者は計九六、後者は一〇七もの挿絵を収録する豪華写本である。専修二番にそれほどの贅沢を望むのは無理というものだろう。さらに、この欠落箇所では、〈理性〉がウィルギニウスのエピソードを語り終えたところで、主人公が口をはさみ、両者の会話がつづいている。例によって、赤字の話者紹介の行が五カ所、必要となる。挿絵ひとつと赤インクの行が四つ…　はたしてこれらが抜き取られた一葉におさまっていたのだろうか。どのように工夫しても三～四行が余る勘定になるが、現状でこれ以上の推論は意味がなかろう。

つぎの欠損箇所は、四一葉目と四二葉目のあいだの八七九〇行から九二四〇行までの四五一行である。第四一葉も第四二葉も一列二八行で書かれ、おなじ写字生による作業といえる。これをもとに一列を二八行で計算してみると、一六列と三行分。単純に考えれば、三葉＋三列＋三行が写され、二五行分が余ることになる。もちろん、テキスト部分に加筆がなされていた可能性も残るが、ラングロワによれば、この範囲で数行以上の加筆をおこなっている写本はない。その規模の加筆をふくむ異本を本写本だけがもっていたとは考えられない。

この部分は、〈理性〉が去ったあと〈友〉が登場して、三〇〇〇行あまりの演説を聞かせる場面（七二〇一—九九八四行）のさなかに位置する。ここで〈友〉は、オウィディウスの『愛の技法』を拠り所にしつつ、意中の相手をものにするための手練手管を滔々と披瀝する。そして、その途中で約九〇〇行をついやし、嫉妬深い夫が「いかに結婚というものが地獄であるか」を説く（八四二五—九三九〇行）。専修写本に欠けているのは、その約半分に相当する。該当箇所は夫の独白で占められているので、話者の交替はない。

まず、アベラールとエロイーズについてふれた部分の最後が、なくなった部分にふくまれている。一二世紀を代表する神学者であるピエール・アベラールと弟子のエロイーズとの恋愛事件は有名である。そして、ジャン・ド・マンは、ふたりがラテン語でかわした往復書簡のフランス語翻訳者でもあった。事件の顛末をまとめた直後に、嫉妬深い夫は、聡明なエロイーズがアベラールとの結婚を望まなかったことを引き合いにだし、「結婚とは悪しき絆だ」（上巻、三八七ページ）と断言するのだが、この結論部分が消えているのである。

「アベラールとエロイーズ」フランス、シャンティイ、コンデ美術館
（https://commons.wikimedia.org/wiki/File:Abelard_and_Heloise.jpeg 2016年10月1日閲覧）

コンデ美術館所蔵の写本から

アベラールとエロイーズを描いた挿絵について、『薔薇物語』デジタル・ライブラリーは、ポール・ゲティー美術館所蔵ルートヴィヒ文庫XV七の第六五葉の表に見られるふたりの結婚と、その裏面でふたりが抱きあっている模様を描いた二点の挿絵しかリストアップしていないが、そのほかにもたとえば、フランスのシャンティイにあるコンデ美術館にその例が見られる。

つぎにこの夫は、〈美〉と〈純潔〉とは共存できないと主張し、外見の美しい女性が内面的には醜いことを、ギリシャ神話からヘラクレスとデイアネイラ、旧約聖書からはサムソンとデリラのエピソードを挙げて例証しようとする。おなじく有名な逸話で、近代絵画においてあっても、ヘラクレスとその妻の愛欲を表現したシーンを絵にした写本は見当たらないが、英雄サムソンが妖婦デリラに気をゆるすあまり、眠り呆けている隙に怪力の源泉である長髪を切り取られて力を失う話は、図像化されるのもめずらしくない。

©British Library, Harley 4425, f. 83v.
サムソンとデリラ

以上に検討した「失われた挿絵」は、あくまでもその存在の可能性をしめしたのにすぎない。しかも、じっさいに残っている部分にはっきりと切り取られた痕がある一件目は、そこに挿絵が存在していたことがほぼ間違いないといえるが、それ以外の場合は、切り取り痕のあるページそのものが紛失してしまっているので、はなはだ脆弱な土台のうえに立っての議論とならざるをえない。しかしながら、写本の一ページには何行分の本文が書き込まれ、そして、本文でいうと何行分に相当する挿絵が描き込まれるかをもとに計算してみたところ、上記のような推理がなりたった次第だ。

写本の挿絵の切り取り（カッティング）は、一九世紀になるまでさかんに行われた。おそらく、中世においてすでにめずらしい行為でなかったことは、切り取った挿絵や飾り文字をスクラップしてまとめた「見本集」が残っていることでもわかる。これは、飾り文字職人や挿絵画家のお手本として使われていたものだ。近世以降は、収集や売買の目的で挿絵が集められることが多くなった。[*18] いずれにしても、一九世紀に中世文学が本格的に研究されるようになり、学問の対象としての写本の価値が認められるようになるまで、ひとびとは写本から挿絵を、あたかも新聞や雑誌から写真を切り取るのに近いような感覚で扱っていたのだろう。

専修大学の第二番写本も、かつては挿絵入りの写本だったはずである。残っているおよそ半分だけを調べて二、三の可能性しか指摘できないということは、いまは亡き残りの約一〇〇葉に多数の挿絵があったと想像することはむずかしかろう。なるほど挿絵がたくさんあったからこそページが丸ごと切り取られたという可能性も否定はできないが、しかし、残存部分でさえかなり状態の悪いところがある――たとえば第三九葉には、かなり広範囲に液体のこぼれた跡がある――ことからすると、欠落したページの大半は、やはりなんらかのダメージを受けて読むことがむずかしくなったため、やむをえず廃棄されたのだと結論づけるのが適当といえそうだ。

おわりに

『薔薇物語』は、三〇〇余という中世フランス文学の写本として最大の残存数を誇るにもかかわらず、アッカやキプロスといった中東で制作された写本はただの一点も報告されていない。

『薔薇物語』の後篇は、一四世紀後半に「『薔薇物語』論争」、一五世紀には「女性論争」という、当時のパリの知識人たちの論争を生んだ。また、『カンタベリー物語』で有名な、一四世紀後半イギリスの文豪ジェフリー・チョーサーによって英訳され、英文学に影響をあたえることにもなった。このように、ヨーロッパの北部では、『薔薇物語』は文字どおり中世フランス文学最大のベストセラーであった。

また、『薔薇物語』にくらべれば圧倒的に残存写本数がすくないとはいえ、十字軍系列の武勲詩をおさめた写本は、十字軍の「本場」であるシリアにおいて制作された形跡も、ヨーロッパからここに持ち込まれた証拠も見つかっていない。他方、大規模な系列を形成したこととじたいがしめしているように、これらの武勲詩は一三世紀から一五世紀にかけて、フランスの北の地方で大いに好まれた。十字軍史を大枠として利用しながらも、東方の驚異やヨーロッパに古くから伝わる民話をたくみに取り込んだ成果であった。そして、十字軍系列の叙事詩だけでなく、イスラムの英雄サラディンを主人公とした伝説にも見られるとおり、非キリスト教世界を自分たちに都合の好いように歪曲し、荒唐無稽なつくり話を捏造しつづけた。
他方、十字軍の最前線に生きるフランク人たちにとって、寓意的な傾向と百科全書的な色彩の濃い『薔薇物語』や、たとえ現地を舞台にしてはいても、十字軍があまりにも非現実的な記述の対象になってしまった武勲詩には、関心が向かわなかったというのも理解できるのではないだろうか。フランク人のメンタリティはあくまでもレアリストのそれであり、そのような彼らの知的活動を象徴することが、ギヨーム・ド・ティールの年代記をはじめとする史書の充実であったといえるだろう。

なお、以下の拙論の一部を、改稿のうえ利用したり、注に記載とおり部分的に引用したことをお断りしておく。

・「伝説的サラディン像の形成」『フランス語フランス文学研究 Plume 第五号 神沢栄三先生追悼号三』（渡邉浩司編集）、中央大学、二〇〇一年、三〇―三六ページ。
・「『ギヨーム・ド・ティール年代記続編』の未発表断片写本について」『フランス語フランス文学研究』九二号、日本フランス語フランス文学会、二〇〇八年、一五五―一五七ページ。
・「白鳥の騎士と十字軍」『亜細亜大学学術文化紀要』第一八号、総合学術文化学会、二〇一〇年、七―三三ページ。
・「Un manuscrit fragmentaire du XIVe siécle du Roman de la Rose」『亜細亜大学学術文化紀要』第一八号、総合学術文化学会、二〇一一年、五五―六八ページ。

注

はじめに

1 *Le manuscript 19152 du fonds français de la bibliothèque nationale,* reproduction phototypique publiée avec une introduction par Edmond Faral, Paris, Librairie Droz, 1934.

2 *La Chanson de Guillaume,* éd. F. Suard, Classique Garnier, Bordas, 1991.

第一章

1 中世ヨーロッパの写本全般について：Raymond Clemens and Timothy Graham, *Introduction to Manuscript Studies, 2007,* Cornell University; 貴田庄『西洋の書物工房　ロゼッタ・ストーンからモロッコ革の本まで』芳賀書店、二〇〇〇年、二二―三二頁；ベルンハルト・ビショッフ著、佐藤彰一、瀬戸直彦訳『西洋写本学』岩波書店、二〇一五年。

2 高宮利行『西洋書物学事始め』青土社、一九九二年、七―一九頁。

3 Pascale Bourgain et Françoise Viellard, *Conseils pour l'édition des textes médiévaux, Fascicule I, conseils généraux,* 2001, Paris; Fascicule III, 2002, Paris; スタン・ナイト著、高宮利行訳『西洋書体の歴史――古典時代からルネサンスへ』慶應義塾大学出版会、二〇〇一年。

4 *Assises de Jérusalem, éd. Beugnot, dans Recueil des historiens des croisades. Lois, t. 1: Assises de la haute*

cour; t. 2: Assises de la cour des bourgeois, Paris, 1841-1843; *Dictionnaire des lettres françaises: le Moyen Âge,* éd. Geneviève Hasenohr et Michel Zink, Paris, Fayard, 1992, p. 362.

5 河原温、池上俊一編『ヨーロッパ中近世の兄弟会』東京大学出版会、二〇一四年参照。

6 René Grousset, *Histoire des Croisades et du Royaume Franc de Jérusalem, III 1188-1291 : Monarchie musulmane et anarchie franque,* Plon, 1934 ; réédité Perrin, 1991, p. 358. 本稿で扱う事件の通史については以下も参照。エリザベス・ハラム著、川成洋、太田美智子、太田直也訳『十字軍大全 年代記で読むキリスト教とイスラームの対立』東洋書林、二〇〇六年、四二〇—四二七頁 ; Steven Runciman, *A History of the Crusades: Volume 3, The Kingdom of Acre and the Later Crusades,* Cambridge University Press, 1954; Peter W Edbury, *The Kingdom of Cyprus and the Crusades, 1191-1374,* New York, 1994, pp. 39-47.

7 René Grousset , *op. cit.,* p. 359.

8 Philippe de Novare, *Mémoires 1218-1243,* édités par Charles Kohler, Paris, Champion (Les classiques français du Moyen Âge, 10), 1913; *Les Gestes des Chiprois,* éd. Gaston Paris et Louis de Mas Latrie, dans *Recueil des historiens des croisades. Documents arméniens,* Paris, t. 2, 1906, pp. 653-872; *Le roman de Renart,* édition publiée sous la direction d'Armand Strubel, avec la collaboration de Roger Bellon, Dcminique Boutet et Sylvie Lefèvre, Paris, Gallimard (Bibliothèque de la Pléiade, 445), 1998; Gaston Paris, « Philippe de Novare », *Romania* 19(1890), pp. 99-102; Gaston Paris, « Les Mémoires de Philippe de Novare », *Revue de l'Orient latin* 9(1902), pp. 164-205.

9 Peter W. Edbury and John Gordon Rowe, *William of Tyre: Historian of the Latin East,* Cambridge University Press, 1988.

10 *Recueil des historiens des croisades. Historiens occidentaux,* t. I-1, 2, publ. par les soins de l'Académie des inscriptions et belles-lettres, Paris, 1844; *William of Tyr, Willelmi Tyrensis Archiepiscopi Chronicon,* 2 vol., ed. R. B. C. Huygens, Brepols, 1986.

11 非常によく知られている第一次十字軍の年代記のなかで著者名が知られているものだけでも、フーシェ・ド・シャルトルやラウール・ド・カーン、ギベール・ド・ノジャンなどのものがある（Cf. I. Iorga, *Les narrateurs de la première croisade,* Paris, 1928）が、フランス語で書かれた十字軍年代記としては、リチャード獅子心王の十字軍（一一八九―一一九二年）に従軍したアンブロワーズの『聖戦記』、第四次十字軍（一二〇二―一二〇四年）にかんしてジョフロワ・ド・ヴィラルドゥアンが散文で書き記し、アンリ・ド・ヴァランシエンヌがその後を書き継いだ十字軍史、そしてロベール・ド・クラリによる『聖ルイ王伝』のなかの十字軍関連の記述に限られる。

12 L. de Mas Latrie, « Essai de classification des continuateurs de l'*Histoire des croisades* de Guillaume de Tyr », *Bibliothèque de l'Ecole de Chartes,* 5.1, 1860, pp. 37-72, 140-178.

13 L. de Mas Latrie, *Chronique d'Ernoul et de Bernard le Tresorier,* Paris, 1871; M. A. Jubb, *A Critical edition of the Estoires d'Outremer et de la naissance Salehadin,* London, 1990.

14 *Historia rerum in partibus transmarinis gestarum a tempore successorum Mahumeth usque ad annum MCLXXXIV edita a venerabili Willermo Tyrensi archiepiscopo. L'estoire de Eracles l'empereur et la conquête de la terre d'outre-mer; c'est la translation de l'Estoire de Guillaume, arcevesque de Sur,* éditée par le Comte A. Beugnot et A. Langlois, Paris, Imprimerie royale dans *Recueil des historiens des croisades. I. Historiens occidentaux,* 1844.

15　ギヨームの『海外史』フランス語訳の写本についての研究は、碑文文芸アカデミーの校訂がなされたさい、そのイントロダクションで概要がしめされた（*Recueil des historiens des croisades. Historiens occidentaux,* vol. II, 1859, pp. I-xxiv）。その後、一八八一年に東方学者ポール・リアンがリストを作成（Paul Riant, «Inventaire sommaire des manuscrits de l'Eracles», *Archives de l'Oriant latin* 1,1881, pp. 247-252, 716-717）し、キプロス史の先駆者のひとりで碑文文芸アカデミー会員でもあったルイ・ド・マ＝ラトリが分類を試みた（前掲書）。そして、二〇世紀なかばをすぎてから、ウォレッジとクライヴとがリストを充実させ（Brian Woledge et H. P. Clive, *Répertoire des plus anciens textes en prose française, depuis 842 jusqu'aux premières années du XIIIe siècle,* 1964, pp. 59-64.）、次いで、十字軍史・十字軍文学を専門とするヤロスラフ・フォルダが最新の調査結果をもとに全体像をしめした（Jaroslav Folda, «Manuscripts of the History of Outremer by William of Tyre: a Handlist», *Scriptorium* 27, 1973, pp. 90-95.）。

16　これらは、一一八四年から一二二八年までの部分について、もともと『海外史』とは別に書かれた史書に、『海外史』の短縮バージョンがつけくわえられて成立したものである。Cf. *Chronique d'Ernoul et de Bernard le Trésorier,* éd. L. de Mas-Latrie, Paris, 1871; *A critical edition of the Estoires d'Outremer et de la naissance Salehadin,* Margaret A. Jubb, London, 1990.

17　Cf. Jaroslav Folda, *Crusader Manuscript Illumination at Saint-Jean d'Acre, 1275-1291,* Princeton, 1976.

18　『「ルーヴル美術館展──地中海　四千年のものがたり──」公式図録』、ジャン＝リュック・マルティネズ、三浦篤監修、日本経済新聞社、ＮＨＫ、ＮＨＫプロモーション発行、二〇一三年、二五─六、一五〇頁；*Chypre, entre Byzance et l'Occident, IVe - XVIe siècle,* Paris, Musée du Louvre Editions, 2012.

19　『「ルーヴル美術館展──地中海　四千年のものがたり──」公式図録』、上掲書、一四二、一四三頁；*Chypre,*

entre Byzance et l'Occident, IVe *- XVI*^{e} *siècle, op. cit.* pp. 212-4, 316-9; Adrian J. Boas, *Crusader Archaeology: The Material Culture of the Latin East,* New York, 1999, pp. 143-7.

20 16年11月24日 David Jacoby, « La littérature française dans les États latins de la Méditerranée orientale à l'époque des croisades: diffusion et création », in *Essor et fortune de la chanson de geste dans l'Europe et l'Orient latin. Actes du IX*^{e} *Congrès international de la Société Rencesvals pour l'étude des épopées romanes, Padoue-Venise, 29 août–4 septembre,* 1982, Modena, Mucchi, 1984, t. 2, p. 619.

21 David Jacoby, « Quelques considérations sur les versions de la Chronique de Morée », in *Journal des Savants,* Avril-Juin 1968, no. 3, pp. 133-189.

22 第1次十字軍では、レモン・ド・サンジル Raymond de Saint-Gilles などオック語圏である南仏出身の貴族たちが十字軍の重要な一翼を担ったが、その後、南仏貴族と十字軍との関係は薄れていった。Cf. J. Richard, *Le comté de Tripoli sous la dynastie toulousaine (1102-1187),* Paris, 1945, pp. 75-79.

23 R. Grousset, *op. cit.*, p. 353.

24 J. Prawer, « La noblesse et le régime féodal du royaume latin de Jérusalem », in *Le Moyen Age,* t. 65, 1959, pp. 41-74.

25 P. Edbury, «Le régime des Lusignan en Chypre et la population locale», in *Coloniser au Moyen Age,* éd. M. Balard, A. Ducellier, Paris, 1995, pp. 354-358.

26 それらはフランス碑文文芸アカデミー編纂の『十字軍史家集』の「法律篇」(*Recueil des historiens des croisades, Lois,* t. 1-2, Paris, 1841-1843) に収められている。

27 D. Jacoby, « La littérature française dans les États latins de la Méditerranée orientale à l'époque des crois-

ades: diffusion et création », op. cit., p. 620.

28 Jean Richard, *Histoires des Croisades*, 1996, Fayard, p. 430.

29 Philippe de Novare, *Mémoires 1218-1243, op. cit.*, pp. 54-55.

30 D. Jacoby, « Quelques considérations …», op. cit., p. 180.

31 Ibid..

32 *Livre de la conqueste de la princée de l'Amorée. Chronique de Morée (1204-1305)*, éd. J. Longnon, Paris, 1911; *Chronique de Morée*, éd. R. Bouchet, Paris, 2005

33 Philippe de Novare, *Mémoires 1218-1243*, éd. cit., pp. 142-144. この点については、福本直之、「『狐物語』後代作品の研究――フィリップ・ド・ノヴァール『回想録』の場合」、『一般教養部論集』（創価大学綜合文化部）三三号、二〇一〇年、一九〇―七四頁を参照。

34 *Les quatre âges de l'homme, traité moral de Philippe de Novare*, éd. M. de Fréville, Paris, 1888.

35 D. Jacoby, « La littérature française dans les États latins…», op. cit., p. 626.

36 Ibid..

37 フーク王の事例、アモリ王の事例、いずれもD.ジャコビーによる。Cf. D. Jacoby, « Quelques considérations …», op. cit., p. 164.

38 Cf. Philippe de Novare, *Mémoires 1218-1243, éd. cit.*, pp. 10, 38.

39 D. Jacoby, « Quelques considérations …», op. cit., p. 166.

40 Philippe de Novare, *Mémoires 1218-1243*, éd. cit., p. 112. Cf. D. Jacoby, « La littérature française dans les États latins…», op. cit., p. 627.

41 ミシェル・パストゥロー著、篠田勝英訳『ヨーロッパ中世象徴史』白水社、二〇〇八年、三〇五頁。

42 Cf. D. Jacoby, « La littérature française dans les États latins… », op. cit., pp. 629-30.

43 Véronique François, « Une illustration des romans courtois : La vaisselle de table chypriote sous l'occupation franque », *Cahier du Centre d'Etudes Chypriotes 29* (1999), pp. 59-80.

44 D. Jacoby, « La littérature française dans les États latins… », op. cit., p. 638.

45 Cf. Judith Bronstein, *The Hospitallers and the Holy Land. Financing the Latin East, 1187-1274,* Boydell Press, 2005.

第二章

1 Jean Richard, *L'Histoire des croisades, op. cit.*, p. 63.

2 K.-H. Bender, « Des chansons de geste à la première épopée de croisade », dans *Actes du VIe congrès international de la Société Rencesvals,* Aix-en-Provence, 1974, pp. 485-500.

3 Cf. L. A. M. Sumberg, *La Chanson d'Antioche: étude historique et littéraire,* Paris, 1968.

4 『アンティオケアの歌』については３つの校訂がある。⑴数種の写本を調整して校訂した *La Chanson d'Antioche,* 2 vols, éd. Paulin Paris, Paris, 1848、⑵パリ・フランス国立図書館所蔵フランス語写本一二五五八番を底写本とする *La Chanson d'Antioche : édition du texte d'après la version ancienne et étude critique,* 2 vols, éd. S. Duparc-Quioc, Paris, 1976、⑶同図書館フランス語写本七八六番を校訂した *La Chanson d'Antioche,* ed. J. A. Nelson, The Old French Crusade Cycle（以下 OFCC と略）, IV, 2003 である。本稿では最新の⑶を典拠とする。

5 『アンティオケアの歌』の作者問題や作成年代については、上掲 S. Duparc-Quioc 女史による校訂の第2巻『研究編』（注2参照）や、R. F. Cook, *La Chanson d'Antioche, chanson de geste : Le cycle de la croisade est-il épique ?,* Amsterdam, 1980 を参照。

6 十字軍系列の写本に関しては OFCC 第1巻所収の G. M. Myers, « The Manuscripts of the Cycle » (pp. xiii-lxxxviii) を参照。

7 *Recueil des Historiens des Croisades, Historiens Occidentaux,* t. 1, Paris, 1844, p. 371.

8 *Histoire anonyme de la première croisade,* éd. Louis Bréhier, Paris, 1964(1er ed. 1924), pp. 100-101.

9 *Les Chétifs,* ed. G. M. Myers, OFCC vol. V, 1980.

10 Cf. Arnoul Hatem, *Les poèmes épiques des croisades,* Paris, 1932.

11 U. T. Holms and W. M. McLeod, « Source Problems of the *Chétifs* », in *Romanic Review* XXVIII(1937), pp. 99-108.

12 *La Chanson de Jérusalem,* ed. N.R. Thorp, OFCC vol. VI, 1992.

13 *Le Chevalier au cygne et Godefroid de Bouillon, poëme historique, publié pour la première fois avec de nouvelles recherches sur les légendes qui ont rapport à la Belgique, un travail et des documents sur les croisades;* par le Baron de Reiffenberg (t. 1-2); publication commencée par M. le Baron de Reiffenberg et achevée par M. A. Borgnet (t. 3), Bruxelles, 1846-1854, t. 1, «Introduction», pp.xxii –xxxiv.

14 *Le Chevalier au Cygne and La Fin d'Elias,* ed. J. A. Nelson, OFCC vol. II, 1985.

15 *Elioxe,* ed. E. J. Michel Jr., in *La Naissance du Chevalier au Cygne,* OFCC vol. I, 1977.

16 Cf. Gaston Paris, « La Naissance du Chevalier au cygne, ou les enfants changés en cygnes », *Romania,*19

(1890), pp. 313-340. ガストン・パリスはこの論考で、H・A・トッドが白鳥の騎士について考察した研究（H. A. Todd, « La Naissance du Chevalier au cygne, ou les enfants changés en cygnes », dans *Publications of the Modern Language Association* 4, 1889）について書評し、当時まだ知られていなかった写本に収録されている「エリオクス」「ベアトリクス」合体バージョン以外の3バージョンについて詳細な梗概を与えている。なお、C. Lecouteux, *Mélusine et le Chevalier au Cygne*, Paris, 1982, pp. 109-158 も参照。

17 *Herbert, Le Roman de Dolopathos ; édition du manuscrit H436 de la Bibliothèque de l'Ecole de médecine de Montpellier*, éd. J.-L. Leclanche, CFMA 124-126, Paris, 1997, v. 10111.

18 *Beatrix*, ed. J. A. Nelson, in *La Naissance du Chevalier au Cygne*, OFCC vol. I, 1977.

19 中世フランス文学における妖精物語の構造を解明したL. Harf-Lancer, *Les fées au moyen âge : Morgane et Mélusine, la naissance des fées*, Genève, 1984は「白鳥の騎士」も取り上げている (pp. 179-198)。

20 D. A. Trotter, « L'ascendance mythique de Godefroy de Bouillon et le Cycle de la Croisade », dans *Métamorphose et bestiaire fantastique au moyen âge*, éd. L. Harf-Lancer, Paris, 1985, pp. 107-135.

21 *Les Enfances Godefroi* and *Le Retour de Cornumaran*, ed. E. J. Michel, 1999, OFCC vol. III.

22 *The Jérusalem Continuations*, ed. P. R. Grillo, 2 vols, 1984, 1987, OFCC v. VII.

23 *The Jérusalem Continuations : The London-Turin Version*, ed. P. R. Grillo, 1994, OFCC v. VIII.

24 *Le Mythe de Croisade*, 4 volumes, Paris, 1997.

25 Louis Bréhier, *L'Église et l'Orient au Moyen Âge : les croisades*, Paris, 1907.

26 *Le Chevalier au cygne et Godefroid de Bouillon, éd. cit.*.

27 Guillaume de Machaut, *La prise d'Alexandrie, ou chronique du roi Pierre 1er de Lusignan*, Genève, 1877.

28 佐藤次高『イスラームの「英雄」サラディン 十字軍と戦った男』講談社、二〇一一年。

29 サラディンの伝説全般については、Gaston Paris, «La légende de Saladin», dans *Journal des Savants*, 1893, pp. 284-299, 354-365, 428-497 ならびに、この論考を紹介した、林達夫「三つの指輪の話」（同著者『文芸復興』中央公論社所収）を参照。十字軍系列武勲詩における位置づけについては、R.F.Cook-L.S.Crist, *Le Deuxième Cycle de la Croisade:deux études sur son développement*, Genève,1972 を参照。

30 M. R. Morgan, *The Chronicle of Ernoul and the Continuations of William of Tyr*, Oxford, 1973, pp.149-175.

31 *La Fille du comte de Ponthieu, conte en prose: versions du XIIIe et du XVe siècle*, éd. C. Brunel, Paris, 1923, p.50.

32 *Le Chevalier au cygne et Godefroid de Bouillon*, éd. cit., v. 27117-21.

33 *Li Romans de Bauduin de Sebourc, IIIe roy de Jhérusalem;poëme du XIVe siècle*, éd. L.Boca, 2 vols, Valenciennes, 1841, v. 973-7.

34 タモツ・シブタニ著、広井・橋元・後藤訳『流言と社会』東京創元社、一九八五年、一一七頁。

35 *Saladin. Suite et fin du deuxième Cycle de la Croisade*, éd. L-S. Crist, Genève,1972, pp. 23-24. なお、当該箇所は、C. Brunel による『ポンチュー伯の息女』の上掲校訂中、一五世紀ヴァージョンの結末部分として校訂されている (p. 130)。

36 *La Chanson de Jérussalem*, ed. N. Thorp, OFCC, Vol.VI, Tuscaloosa-London, 1992, v. 9875. コルニュマランの偉大さについては、J. Subrenat, «Un héros épique païen admiré des chrétiens:Cornumaran dans *La Conquête de Jérusalem*», dans *Le Héros épique*, I, PRIS-MA, IX, N.18, 1993, pp. 245-253 を参照。

37 Dante Alighieri, *La Divina Comedia*, edited and translated by R. M. Durling, Oxford, 1996, Inferno, Canto 4,

1.129. ダンテ『神曲』平川祐弘訳、講談社、一九八二年、二四頁。

38 P. Bancourt, *Les musulmans dans les chansons de geste du cycle du roi,* 2 vols, Aix-en-Provence, CUER-MA, 1982, p. 514.

39 *Récits d'un ménestrel de Reims au treizième siècle,* éd. N. de Wailly, Paris, 1876, p.112.

40 *Saladin. Suite et fin du deuxième Cycle de la Croisade,* éd.cit., p.169.

41 *La Chronique de Turpin et les grandes chroniques de France,* éd. R. Mortier, *Les Textes de la Chanson de Roland,* t. III, Paris, 1941, pp. 44-51.

42 *Ibid.,* p.34.

43 *Les Enfances Godefroi* and *Le Retour de Cornumaran,* ed. E. J. Mickel, OFCC, Vol.III, 1999, v. 2575-78 によると、「王はこのように言った。『友よ、フランス人たちのなんと卑劣であることか！（イスラムの予言者が）あれほど褒めそやしていたフランスの王侯貴族のひとりが、みずからの領地では貧しい者たちをこれほどひどく扱っているなんて。』」

44 *Le Chevalier au cygne et Godefroid de Bouillon, éd.cit.,* v. 4846-47.

45 また、のちにエルサレムにおいて敵同士として再会したブイヨン伯に対し、コルニュマランは、「宗教という狂気に導かれ、甚大な犠牲を払って決行されている十字軍は愚挙にほかならない」と決めつけてもいる（v. 16564-16577）。

46 *Saladin.Suite et fin du deuxième Cycle de la Croisade, éd.cit.,* p. 78.

47 *Éd.cit.,* p. 80.

48 *Éd.cit.,* pp. 81-82.

第三章

1 ギヨーム・ド・ロリス、ジャン・ド・マン著、篠田勝英訳『薔薇物語（上）・（下）』平凡社、一九九六年、筑摩書房、二〇〇七年。

2 沓掛良彦、横山安由美訳『アベラールとエロイーズ 愛の往復書簡』岩波書店、二〇〇九年。

3 ルーブル美術館の公式サイトで画像が公開されている。http://cartelfr.louvre.fr/cartelfr/visite?srv=car_not_frame&idNotice=1026（二〇一〇年一〇月一日閲覧）

4 François Avril, Nicole Reynaud et Dominique Cordellier (dir.), *Les Enluminures du Louvre, Moyen Âge et Renaissance*, pp. 157-159.

5 オウィディウス著、中村善也訳『変身物語（上）』岩波書店、一九八一年、一一三—一一二頁。

6 Martin Thut, «Narcisse versus Pygmalion: une lecture du Roman de la Rose», *Vox Romanica* 41 (1982), p. 107.

7 ヴィクトル・ストイキツァ著、松原知生訳『ピュグマリオン効果——シミュラークルの歴史人類学』、ありな書房、二〇〇六年、二七頁、図2参照。

8 Cf. Marian Bleeke, «Versions of Pygmalion in the Illuminated Roman de la Rose (Oxford, Bodleian Library, Ms. Douce 195): The Artist and the Work of Art» *Art History* 33 (2010), no. 1, pp. 28-53.

9 この写本については、拙論「ロンドン大英図書館王立文庫所蔵一五ＥⅥ写本、別名「タルボット・シュルーズベリー写本」について——挿絵と編集の意図を中心に——」、『亜細亜大学学術文化紀要』第二八・二九合併号、二〇一六年、九—四〇頁を参照。

10 François Avril et Nicole Reynaud, *Les manuscrits à peintures en France, 1440-1520*, Paris, 1993, pp. 402-

408; Kathrin Giogoli et John B. Friedman, « Robinet Testard, Court Illuminator: His Manuscripts and His Debt to the Graphic Arts », *Journal of the Early Book Society for the study of manuscripts and printing history,* vol. 8 (2005), pp. 143-188.

11　https://commons.wikimedia.org/wiki/category:Heures_de_Charles_d%27Angoul%C3%AAme_-_BNF_Lat1173?uselang=fr（二〇一〇年一〇月一日閲覧）。こればかりでなく、フランス国家遺産研究院 Institut national du patrimoine のホームページには、この写本をめくりながら解説をくわえる動画がアップされている。http://mediatheque-numerique.inp.fr/Videos-cycle-patrimoine-ecrit/Les-Heures-de-Charles-d-Angouleme（二〇一〇年一〇月一日閲覧）。

12　Anne Matthews, « The use of prints in the Hours of Charles d'Angoulême », *Print Quaterly* vol. 3, n°1 (mars 1986), pp. 4-18.

13　テスタールによる挿絵のスタイルの特徴については、Kathrin Giogoli et John B. Friedman, art. cit., pp. 147-150を参照。

14　ヤコブス・デ・ウォラギネ著、前田・西井訳『黄金伝説　三』平凡社、二〇〇二年、四三四―四四六頁。

15　本写本テキストの一部の研究については、以下の拙論二論を参照。「専修大学図書館所蔵第二写本『薔薇物語』冒頭八〇八行校訂」、松下知紀・篠田勝英編『Anglo-Saxon 語の継承と変容Ⅱ　中世英文学』専修大学出版局、二〇一〇年、一三一―一七三頁；« Un manuscrit fragmentaire du XIVe siècle du *Roman de la Rose* : remarques sur le ms. 2 de la bibliothèque de l'Université Senshu (Tokyo) », *Journal of the Society for General Academic and Cultural Research,* No. 20 (2011), pp. 55-68.

16　http://www.senshu-u.ac.jp/socio/ms_anglo/MS02_japanese.html（二〇一六年一〇月一日閲覧）。両写本の写

真版：Guillaume de Lorris et Jean de Meun, *Roman de la Rose, A Facsimile of Senshu University Library MS 2,* reproduced by Tomonori Matsushita, The Center for Research on Language and Culture, Senshu University, 2007 ; Guillaume de Lorris et Jean de Meun, *Roman de la Rose, Decorated Manuscript on Paper, in French, Facsimile of Senshu University Library MS 3,* reproduced by Tomonori Matsushita, The Center for Research on Language and Culture, Senshu University, 2008.

17 エッティンゲン＝ヴァラーシュタイン伯ルートヴィヒが一八一四年に購入して自家の文庫に加える以前、この写本は古美術蒐集家カンピオン・ド・テルサンが所蔵していた。この人物が、一八世紀を代表する文献学者であったドミニーク＝マルタン・メオンに写本を貸与し、メオンが校訂を残した。ラングロワの引用は、それに拠るものである。なお、この写本は現在フランス国立図書館に所蔵されている（nouv. acq. fr. 28047）。

18 Raymond Clemens and Timothy Graham, *op. cit.*, pp. 114-116.

【著者略歴】
小川直之（おがわ　なおゆき）
1965年東京都生。1998年フランス政府給費留学生（2000年まで）。1999年パリ第10大学DEA課程修了。亜細亜大学経営学部准教授。著書に、『剣と愛と——中世ロマニアの文学——』（中央大学出版部）、『Anglo-Saxon語の継承と変容Ⅱ中世英文学』（共著、専修大学出版局）、『男らしさの歴史1　男らしさの創出——古代から啓蒙時代まで——』（共訳、藤原書店）など。

失われた写本を求めて
中世のフランスと中東における文学写本の世界

発行日	2016年12月20日　初版第一刷
著　者	小川直之
発行人	今井　肇
発行所	翰林書房
	〒151-0071 東京都渋谷区本町1-4-16
	電 話　(03)6276-0633
	FAX　(03)6276-0634
	http://www.kanrin.co.jp/
	Eメール●Kanrin@nifty.com
装　釘	島津デザイン事務所
印刷・製本	メデューム

落丁・乱丁本はお取替えいたします

ISBN978-4-87737-409-9